リストラ聖女の異世界旅
青春取り戻してやるから見てなさい!?

柏てん

Ten Kashiwa Presents

fairy kiss

この作品はフィクションです。
実際の人物・団体・事件などに一切関係ありません。

リストラ聖女の異世界旅
青春取り戻してやるから見てなさい!?

fairy kiss

プロローグ

『聖女アズサよ。その聖なる力でぜひこの国を救ってほしい』

こんなことってあるのだろうか。

気づいたら見知らぬ国にいて、やけに煌《きら》びやかな格好をしたおっさんに助けを乞われた。

周りを見れば見知らぬどころか日本人ではない顔立ちの人に囲まれて。

意味が分からなくて唖然《あぜん》とした私を、誰も責められないと思う。

当時の私はただの女子高生で、反射的にむしろ私の方が救ってほしいと思った。

自ら国王を名乗るそのおっさんは、魔王軍によって滅びゆく世界を救ってほしいと言葉を続けた。

なんでもこの世界では定期的に魔王が生まれ、そいつが率いる魔族の活発化によって人々が危機に晒されるという。その対抗策が、異世界からの聖女の召喚。

まるでゲームかラノベみたいな話だ。

事情を知った私の感想はそれに尽きた。

私がこの状況をドッキリでも夢でも何でもなく、現実なのだと受け入れるには、それから数週間ほどの時間が必要だったとここに追記しておく。

と言っても、その頃には旅費と護衛の騎士をつけられて、さっさと城から放り出されていたのだけれど。

はっきり言って、正気を疑う。

なにせつけられた護衛の騎士は一人。しかも貴族の三男坊だかで旅の経験があるどころか世間知らずも甚《はなはだ》しかった。

挙句の果てに旅費を持ってとんずら。ゲームだったらあまりのクソシナリオにコントローラーを投げ捨てるところだ。

けれどこれは現実で、リセットもできなければ引き返すこともできなかった。というのも、日本に帰るには魔王を倒すしかないと言い含められていたからだ。

平々凡々な私に魔王を倒すなんて無茶振りだと思ったけれど、そうしなければ日本に帰さないと言われた以上やらないわけにもいかない。

唯一の救いは、その聖女の力とやらが私にもちゃんと備わっていて、旅をする上でとても役に立ったということだろうか。

魔族を倒したり、傷を癒《い》やすことのできる不思議な力。

私はこれで、自分の傷を治したり誰かの用心棒をしたりしてお金を稼ぐことができた。

人間慣れとは怖いもので、平和な日本で暮らしていた女子高生も、千尋《せんじん》の谷から突き落とされればモンスタースレイヤーになれるらしい。

ゲームと違って、力の使い方を懇切丁寧に教えてくれるチュートリアルなしの、超ハードモードではあったけどね。

ともあれ私は旅の間に仲間を増やし、何度も死にかけながら目的を果たした。

そう、苦難の末に魔王とやらを倒したのである。

そして世界は平和になった——かどうかは知らないが、私は日本に帰るべく仲間と別れ召喚された国へと凱旋《がいせん》した。

第一章　裏切られた聖女

王都は魔王討伐の報に沸き立っていた。

怯《おび》えて暮らしていた人々の間に笑顔が戻り、子供は楽しそうに石畳の上を駆け回る。

二年にも及ぶ旅を終えて旅塵《りょじん》に塗《まみ》れていた私は、それでも自分の成し遂げた功績によって平和を取り戻せたのだと、束《つか》の間の達成感に酔っていた。

私を召喚しやがったこのクレファンディスウス王国の王やその周辺には正直憎しみしかないが、それでも王都に暮らす人々に罪はない。

私は晴れ上がった空と人々の笑顔を見ながら、万感の思いを胸に城への道を歩いた。

「随分騒がしい街だな」

私と同じように周囲を見回しながら、唯一の同行者である男が低い声で呟《つぶや》いた。

他の仲間たちは皆自分の国に帰ったのだが、この男だけはどうしてもついてくると言って聞かなかったのだ。

見上げるような身長は早めに成長が止まった私より頭二つ分ほど高く、雑踏からも頭一つ飛び抜けている。

黒い革鎧《かわよろい》と剣で武装した姿は一見細身に見えるが、体幹にブレはなく背筋がぴんと伸びていた。なにより、先ほどからすれ違う女性たちがちらちらとこちらを気にしているのは、その物騒な格好を見とがめたからではない。

ライナスと名乗るこの男は、顔がとんでもなくいいのである。

その身に様々な色彩を持つ者が暮らすこの世界でも珍しい銀髪に、更に珍しい金の目。

騒ぎを嫌い同じく珍しい黒髪黒目をフードで隠している私と違って、彼はその顔や髪をちっとも隠そうとしない。おかげでこの秋波《しゅうは》の集中攻撃というわけだ。

ちなみに日本人の中でも小柄な私は女性たちの視界にも入らないのか、こんなイケメンの傍《そば》にいても嫉妬されることは滅多にない。

女性は髪を伸ばすことが美徳とされるこの世界で、どうせ手入れなどできないからと髪を短く切っていることもその理由だろう。その証拠に、初対面の相手はまず間違いなく一度は私を男と間違うのである。私としても旅をするにはそちらの方が好都合なので、あえてそうしている面もあるのだが。

そんな日々とも、あと少しでお別れだ。日本に帰れば、自分で髪を切る必要もないし、黒い髪も黒い目も隠さなくたっていい。

清潔な住環境。優しい両親。きちんと法整備された安全な聖域《サンクチュアリ》。

こちらの世界に来て初めて、私は日本がどれだけ便利で平和な世界かということを思い知った。

それに和食も食べたい。こちらにも似たような食べ物がないわけではないが、味噌《みそ》や醤油《しょうゆ》など日本由来の調味料が存在しないのである。なので味付けは全て洋風。その上砂糖や香辛料も、とても普段使いできる値段ではない。

一歩足を進めるごとに、堪《こら》えていた日本への郷愁が高まっていく。

思わずスキップしそうになっていると、私の上機嫌と反比例するようにライナスの機嫌が降下していくのが分かった。

「元の世界に帰れるのがそんなに嬉《うれ》しいのか？」

そう言うライナスは苦渋の色を隠そうともしない。

「そりゃー嬉しいに決まってるでしょ！　ある日突然こんな世界に放り出されて、魔王を倒せとか無茶振りされたんだから」

「む。だが、未練はないのか？　仲間たちとの別れもあれほど惜しんでいただろう。異世界へ帰ったら二度と会えないのだぞ」

そう言われては、確かに少し寂しい気持ちもある。

だが他の仲間たちは、私の事情を理解して快く送り出してくれた。

面倒見のいい、姐《あね》さん気質の冒険者ターニャ。スタイル抜群なのに気取ったところがちっともなくて、彼女には旅の間に何度も助けられた。

金髪碧眼《きんぱつへきがん》で物語に出てくる王子様みたいなアレクシス——実際、彼はこのクレファンディウス王国のお隣グランシア王国の王子様だった。

そして四人目。規格外の魔導士クェンティン。彼は魔術のためなら他の何を犠牲にしても構わないという変人で、魔王退治がなければ絶対にお近づきになりたくないタイプの人間だった。

そこに私とライナスを加えた五人が、このたび魔王を打ち倒したパーティというわけである。はっきり言って彼らがいなければ、魔王討伐なんてとんでもないことは成し遂げられなかったに違いない。

出会った順番こそライナスが一番最初だが、他の仲間たちは私がどれほど故郷に帰ることを渇望しているか、ちゃんと分かっていてくれていたのである。

だからこそ、笑顔で別れた。日本に帰ったら二度と会えなくなるけれど、私にとって彼らはかけがえのない仲間だ。

勿論《もちろん》、それはライナスも変わらないのだけれど、なぜだか彼は私が日本に帰るのをあまりよく思っていないらしい。

私はこの期に及んでまだ引き留めようとするライナスを振り返り、大きなため息をついた。

「あのねえ、そりゃみんなと二度と会えないのは寂しいよ。でもそれを言うなら、こっちに残ったら育ててくれた両親に二度と会えなくなっちゃうんだよ？」

「では、その両親とやらの方が大事ということか？」

私は再びため息をつかねばならなかった。

そもそもこのライナスという男には、常識が通じない。それは日本の常識が通じないという意味ではなく、人間としての根本的な常識が通じないのである。

なぜかといえば、それは彼が人間でないからだ。

ライナスは、旅の途中で出会った魔族である。どうやら魔王軍も一枚岩ではなかったようで、魔王討伐に協力すると言ってついてきた。人間離れした美貌もそれゆえと言える。

ただ、魔王を倒した後もどうしてここまでついてきているのかは本当に分からないのだが。

「とにかく、私は縁もゆかりもない世界のために貴重な十代の二年間を無駄にしたんだから、さっさと日本に帰って青春を取り戻すの！　恋とか恋とか恋とか！」

魔王を倒すための殺伐とした日々の中では、恋愛にかまけている暇すらなかった。せめて成人する前に、日本に帰って彼氏の一人も作りたいところである。

日本にいた頃はそれほど恋愛に憧れていたわけではなかったのだが、こちらに来てそれまでとはあまりにもかけ離れた日々を送るうちに、恋に一喜一憂する学園漫画がどうしようもなく尊いものに思えるようになった。

私だって一喜一憂するなら、明日死ぬかもしれないなんてシビアな悩みより可愛らしい恋の悩みの方がいいに決まってる。

そういう訳で王城に着いた頃には、私の頭の中には『日本、両親、恋愛』の三語しかなくなっていたのである。

＊＊＊

フードを取って目と髪で召喚された聖女であることを証明すると、城の門番は慌てたように確認に走った。

残された門番の視線は、警戒するように何度も私とライナスの間を行き来している。

人型をとれる魔族は魔族領にしかいないので彼が魔族と見抜かれることはないだろうが、それにしてももっと歓迎してくれてもいいのにと思わなくもない。

人々の喜びようから見て魔王討伐の報は既に伝わっているのだろうし、城門ぐらいフリーパスにしてくれてもよくないかと少し不服に思ったりした。

とはいえ、城というからには日本で言う国会議事堂みたいなものなんだろう。私は中学生の時に見学した政治の中枢たる建物を思い出し、逸《はや》る自分の心にブレーキをかけた。

いくら気に入らなかろうが急いでいようが、国の中枢に強引に押し入るのはさすがによろしくない。

しばらく待っていると、上役《うわやく》に確認しに行ったらしい門番が走って帰ってきた。

その顔はひどく強張《こわば》っていて、なんだか逆にかわいそうになるくらいだ。

「失礼いたしました！　聖女様とそのお連れ様、どうぞ城内にお入りくださいませ！」

彼がそう言うと、これまで私たちを訝《いぶか》しげな目で見ていた他の門番たちも、姿勢を正して手にしていた槍《やり》の穂先を天に向けた。

私たちは先導されるままに、赤い絨毯《じゅうたん》の敷かれた城内の道を進む。塵《ちり》一つなく磨き上げられた緻《ち》密《みつ》な彫刻や豪奢《ごうしゃ》な調度品。

これを一つでも持って帰ればお金持ちになれるんじゃないかと思ったけれど、出所を両親に怪しまれるだけだと気付いてすぐにその考えは捨てた。

本当はお金などどうでもいいのだ。

日本に——両親のもとに帰れさえすれば。

それにしても、埃《ほこり》まみれのローブをかぶった私は、ひどく場違いに見えるに違いない。

一瞬宿屋によって身ぎれいにしてくるべきだったかという考えがよぎったが、手持ちの服はどれも似たり寄ったりだなと思って諦めた。一応どれも洗濯してあるとはいえ、機能性を第一に選んだ豪華とは程遠い服ばかりだ。

盗賊などに狙われるのを防ぐため、あえてそんな格好ばかりしていたという事情もある。旅費不足を補うため時折冒険者ギルドからの依頼をこなしていたが、そちらの儲《もう》けもほとんどギルドに預けっぱなしだ。お金を持ち歩いていいことなんて、何一つないと言っていい。

それにしても、この場所を訪れたのは二度目だというのに、ちっとも懐かしいという感じがしなかった。

その理由は間違いなく、魔王やら聖女やらの説明もそこそこに城を追い出されたからなのだが。

そういえば、私を騙《だま》して旅費を盗んでいった例の騎士はどうなったのだろう。できれば捕縛されていると嬉しいが、別に捕まっていなくても構わない。

だって私は日本に帰るのだから。日本に帰って、失った青春を取り戻すのだ。水の心配も身の危険を案じることもない安心安全な生活へと。

階段を上ったり下りたりして、ようやくたどり着いたのはうっすらと見覚えのある謁見の間だった。

二年ぶりだが、玉座に座るおっさんは相変わらず偉そうだ。おっさんの隣にはその娘らしきドレス姿の若い女性が座っていた。重そうな宝石をいくつも身に着けたその姿は、煌びやかすぎて目に痛いほどだ。

私は促されるままに玉座の前に跪《ひざまず》く。一瞬人間社会の常識に慣れないライナスが心配になったが、彼は黙って私と同じように跪いていた。

「面《おもて》を上げよ」

王の声に従い、顔を上げる。

おっさんの顔には相変わらず感情の読めない笑みが浮かんでいた。正直このおっさんには憎しみしかないが、日本に帰るためだと自分に言い聞かせどうにか表情を取り繕う。

ここで相手の機嫌を損《そこ》ねちゃいけないことぐらい、私にだって分かる。

「直答《ちょくとう》を許す。魔王討伐の報告をいたせ」

どうしてこのおっさんはこんなに偉そうなんだろうと思いながら、私は言われた通り口を開いた。

「はい。苦難の旅の末、魔王を打ち倒しました。つきましては約束通り、元の世界に帰らせていただきたく思います」

感情を殺した平坦《へいたん》な声が、広々とした謁見の間に反響もなく消えていった。

見張りの騎士や侍従などたくさんの人がいるが、誰一人口を開こうとしない。王は返事をする気がないのか、にやにやといやらしい笑みを浮かべて頬杖《ほおづえ》をついている。

謁見の間はしんと静まり返り、私はひどく居心地の悪い思いをしなければならなかった。

「それで、隣の方はどなた？　聖女のお仲間なのかしら？」

それまで王の隣でつつましく微笑《ほほえ》んでいた女が、おもむろに口を開く。

その目にはらんらんとした好奇の光が宿っていた。

私はちらりとライナスの様子を窺《うかが》う。

彼は返事をする気など一切ないようだ。それどころかその顔には無関心を具現化したような表情が浮かんでいて、今の発言を聞いていたかどうかすら怪しかった。

私はため息を堪え、ライナスの代わりに口を開く。

「この人は旅に助力してくれた冒険者です」

「そうなの！　とても素敵な方ね」

この時、私は女の目に映る輝きの意味を悟った。

旅の最中に何度も経験したことだ。大抵素敵な方ですねと褒めておいて、あとで二人きりになりたいとライナスを私たちから引き離そうとする。

まあ、仲間たちは他にも外見的に魅力的な人ばかりだったので、その対象になるのはライナスだけではなかったけれど。

おそらくそういった誘いを一度も受けなかったのは、仲間内でも私ぐらいのものである。

彫りの深いこちらの人たちと違って日本人らしく彫りの浅い平凡な顔立ちだし、聖女なんて名ばかりもいいところといった扱いだった。

というか身の安全を図るため私はほとんど少年ということで通していたので、男性に異性と認識されたことすらほとんどなかった気がする。

仕方ないとは思いつつ、私が恋愛をしたいと切に願っているのはそういった一連の出来事の反動でもあった。

聖女という割には脇役のようだと、旅の最中に思ったことは数知れない。時にはあからさまに周りから邪険にされることも珍しくなかったし。

というわけで、私はこの手のことに人より少し敏感だった。

つまり何が言いたいのかと言うと、彼女はライナスと個人的にお近づきになりたいのだろう。

「おお、姫や。あの冒険者を気に入ったのかい」

王が少し面白くなさそうに呟く。

そしてやはりドレス姿の可憐《かれん》な女性は、おっさん王の娘でこの国の姫であったらしい。

「気に入っただなんてそんな……魔王を打ち倒した勇者様に失礼ですわ」

頬を染めて恥じらう姫君は大変可愛らしかった。

だが私は女なので、その愛らしさよりも彼女が発した言葉の方が気になった。

――聖女は呼び捨てなのにどうしてライナスは〝勇者様〟なのか。

彼女の中で私がどれほど軽視されているかが分かり、なんとも言えない気持ちになった。

いくらなんでもおっさん王が咎《とが》めるかなと思ったが、王の口から飛び出したのは思いもよらない言葉だった。

「そうか。よし、そこな冒険者よ。姫と仲良くしてやってくれ。この子が人をこのように言うのは珍しいのでな」

「まあ！　お父様ありがとうございます！」

姫君が華やいだ声で礼を言うと、おっさん王はよほど嬉しかったのかだらしのない笑みを浮かべた。どうやらこの王様はかなりの親ばかであるらしい。

それにしても、仲良くしろと命じるなんて娘に対して激甘か。それ以前に、あんたさっきまで姫様がライナスを気に入っているのを不機嫌そうに見てなかったか。

色々と言いたいことはあったが、どうせお暇《いとま》する世界なんだからいちいち突っ込む必要もないと思い直す。

「それよりも」

こちらを無視して話を進めようとする親子に、ついに私は口を開いた。

これ以上日本への帰還を後回しにされるのはまっぴらだ。

「日本に帰していただけるという話はどうなりましたか？　今こそ二年前の約束を果たしていただく時かと思います」

少し傲慢かなとも思ったが、目の前にぶら下げられたニンジンまであと少しというところなのだ。

これ以上我慢しろというのは酷である。

ライナスと仲良くしたいなら私がいなくなってから存分にすればいい。

だから一刻でも早く日本に帰してくれ。

直接そう言いはしなかったが、私の顔には隠し切れない苛立《いらだ》ちが浮かんでいたはずだ。

だがそこで、おっさん王は予想外の反応をした。さも不思議そうに、私の要望について問い返してきたのである。

「日本？　日本とはなんだ」

いやだなあ分かっているくせに。

私は慌ててさっきの自分の言葉に補足した。

「私が元いた世界のことです。魔王を倒したら帰してくださると言いましたよね？」

何度同じことを言わせるんだとうんざりし始めていたら、王は少し考えた後、わざとらしくとぼけるような顔をした。

「はて。そんな約束したかのう。大臣、覚えはあるか？」

すると名指しされた大臣とやらが、音もなく進み出てくる。

「いえ、王がそのような発言をしたとは記録に残されておりません。聖女の勘違いかと思われます」

「ちょっと！」

突然出てきた男のあまりの言い草に、私は思わず立ち上がった。もう礼儀なんて知るもんか。

「魔王を倒さないと帰してくれないって言うから頑張ってきたのに、今更すっとぼける気⁉」

もう我慢は限界に来ていた。

これまで必死に被《かぶ》っていた猫が飛び起きて逃げていく。

今すぐ聖なる力を突きつけて日本に帰せと脅したくなったが、聖なる力は残念ながら魔族にしか効果がないのだ。

だがもし私に仲間たちほどの剣術や魔術の腕があったら、間違いなく武力行使をしてこのいけ好かないおっさんを脅していたに違いない。

むしろ、自分にその手段がないことが苛立たしく感じられたくらいだった。

「王の御前《ごぜん》で無礼であるぞ！」

立ち上がった私に、非難の声や視線が集中する。

だが、そんなものはこわくなかった。血に飢えた魔族に囲まれた時のことを思えば、この状況などなんてことはない。

私は王を睨《にら》み続けたが、相手はそんなものどこ吹く風でにやりといやらしい笑みを浮かべるばかりだ。

「例の者を呼べ」

どうやらこの男は、私との謁見に際し誰かを呼び寄せていたようである。

召喚に携わった魔道士でも呼んでいるのだろうかと思い待っていると、謁見の間に驚くべき人物が入ってきた。

それはこの国を出る時にお金を持ち逃げしたはずの、騎士とは名ばかりの低俗な貴族であった。

「なっ！」

私は驚き、王と騎士の顔を交互に見た。

そしてそのどちらにも、ついでに大臣の顔にまで、私を馬鹿にするような人を食った笑みが浮かんでいた。

「さて、我が国の騎士よ。直答を許す。この聖女を名乗る不届き者の罪状を述べよ」

「はあ!?」

さすがにこれには、素で驚きの声が出た。

だって王の言葉を信じて大人しく魔王討伐に出かけた私に、一体どんな罪があるというのか。罪というならば騎士と名乗りながら途中で逃げ出した男の方が、よほど不届きだろうと言い返してやりたくなる。

「は！　ご報告いたします。我が君」

男はそこでいったん言葉を切ると、小ばかにするようにこちらを見た。今すぐ駆け寄って殴りつけたくなったが、なんとか歯を食いしばって我慢する。

次に男は自らの勇姿を見てくれと言わんばかりに姫君を見上げた。だが肝心の姫君はライナスに夢中で、男の視線に気づいてはいなかった。

肩を落とした男が、まるで自分の存在を姫にアピールするかの如《ごと》く声を張り上げる。

「そこな娘は聖女を騙《かた》り、いやしくも王から金貨三十枚をせしめた極悪人であります。その上自分は魔王を倒したと吹聴し、どことも知れぬ国へ帰せなどと無理難題を押し付け、さらなる褒美を得ようとしていると思われます。僭越《せんえつ》ながら、このような非国民は厳罰に処すべきかと存じます」

（はあ⁉　金を持ち逃げしたのはそっちだし、そもそも支度金だって金貨五枚がいいところなのに三十枚とか！　こいつらは一体どこまで私をこけにすれば気が済むの？）

あまりのことに怒りに震えていると、成り行きを見守っていた姫が驚いたように口に手を当てて声を上げた。

「なんて恐ろしい！　勇者様も騙されているのですわ。その偽聖女に！」

まるで舞台の上にでも立っているかのように姫は情感たっぷりに私を批難し、そしてライナスに流し目を送った。そして彼が無反応なのを肯定とでも受け取ったのか、椅子から立ち上がり大きな胸を突き出すようにしてライナスに駆け寄る。

それを見て、極悪騎士は顔を真っ赤にしていた。しもぶくれの顔が、まるでトマトみたいだ。

どうやらこの騎士は姫にご執心らしかったが、そんなこと今の私にはどうでもよかった。どうでもよくなかったのは、謂《いわ》れのない罪を擦《なす》り付けられたことである。

どうしてお金を盗まれながらもめげずに魔王を倒した私が、偽の聖女だという話になるのか。仮にそれが本当だとして、そんな私がのこのここに戻ってくるなんて思うのか。

大体、実際に魔王が倒されていることは周知の事実である。この極悪騎士はその状況を一体どうやって説明するつもりなのか。まさか自分が倒したことにでもするつもりなのか。

一瞬の間に、私は様々なことを考えた。

謁見の間がざわざわと騒がしくなる。一瞬誰かが『馬鹿なことを言うな』と言ってくれるのを期待したが、そんな気配は欠片《かけら》もなかった。

人々の目にはむしろ私への猜疑心《さいぎしん》が宿っていて、その様子を王たちは、窘《たしな》めるでもなく黙って見守っていた。

この城に、私の味方は一人もいないようだった。

ちらりとライナスに視線を送れば、彼は二の腕に胸の谷間を押し付けられながら、何か考えてい

そうでその実何も考えていない——彼はそういう顔が得意なのだ——いつもの無表情だった。

魔族である彼に雰囲気を読めと言うのは酷かもしれないが、ちょっとは怒ったり呆《あき》れたりしても罰《ばち》は当たらないと思う。

実際、私は約束を反故《ほご》にされそうな雰囲気の中、怒りで震えていた。

「アズサ、どういうことだ？　日本へ帰らないということか？」

「いや、今それどころじゃないでしょうどう考えても」

日本に帰るどころか、冤罪《えんざい》で今にも拘束されそうである。

その証拠に、例の泥棒騎士と同じ格好をした騎士たちが、いつの間にか槍や剣を手にしてじりじりとこちらを包囲し始めている。

最初からこれが目的だったのかと、私は頭を抱えたくなった。

この二年間で色々なことを経験して、ちょっとのことでは驚かない図太さを身につけたつもりだった。

けれどまさか、一国の王様にまでこんな堂々と嘘《うそ》をつかれるとは思わないではないか。

魔王を倒したというのに日本に帰れないかもしれないという現実を前に、途方に暮れてしまう。

「どうするんだ？　帰るのか？」

ライナスは姫君のラブコールなど意に介さず、無表情で聞いてくる。

いや、どちらかといえば少し悲しそうにすら見えた。ここまで姫を徹底的に無視できるのは、さすが魔族と言えるのかもしれない。

「帰れないよっ！　ああ、もういい私が馬鹿だった！」

迫りくる騎士たちを威嚇《いかく》するつもりで、私は大声で叫んだ。

包囲網の後ろにいる王もまた、少し驚いたようだ。

「撤収しよう。ライナス頼める？」

尋ねると、ライナスは少しだけ嬉しそうに頷《うなず》く。

「了解した」

そうして差し出された手を取ると同時に、私たちの目の前から騎士たちや王、それに姫が掻《か》き消えた。

耳に届くざわざわという騒がしさは雑踏のそれだ。手をつないだ私とライナスは、次の瞬間建物と建物の間にあるごく狭いスペースに立っていた。

「ここは？」

「まだ王都の中だ。とりあえず目立たなそうな場所に跳んでみた」

これはライナスの特殊能力で、一定の距離を瞬時に移動できるというものだ。これまでに何度も助けられた能力だが、今ほどありがたいと思ったことはない。

だが、私の胸は城からの脱出に成功した喜びよりも、日本に帰れないという悲しみの方が大きかった。

最初から少しおかしいと思っていたとはいえ、自分を召喚した人たちがちっとも信頼に値《あたい》しない屑《くず》だったと認識したことで、改めて徒労感が溢《あふ》れてくる。

しばらく黙ってその場に立ち尽くしていると、ライナスが心配そうに顔を覗《のぞ》き込んできた。

よく知らない人ならば怒っていると勘違いしかねない、無表情のままではあるのだけれど。

「アズサ、悲しいのか？」

そういえば、ライナスと手をつないだままだった。イケメンと手をつないで顔を覗き込まれているというのは、なかなかに妙な状況だ。

慌てて手を離そうとしたら、それをどう思ったのかライナスの手により一層力がこもった。

単純な力勝負で勝てるわけがない。私はライナスの少し冷たい手の感触を感じながら、自分の中に荒れ狂う感情をやり過ごすべく唇を噛んだ。

「やめろ。傷がつく」

手をつないでいるのとは別の手で、彼が私の頬に触れた。

ライナスは眉間に皺《しわ》を寄せて難しい顔をしている。きっと無表情がデフォルトのライナスにそんな顔をさせるぐらい、今の私はひどい顔をしているのだろう。

「いつか帰れるってそれだけが心の支えだったけど、糸が切れちゃった」

日本へとつながる、か細い希望の糸。

ずっとそれだけを頼りに、この二年間を生きてきた気がする。

希望が絶たれた今、自分が立っている足元すら危うく感じられた。

日本に帰れないのならば、なんのために私はこの手を汚し大勢の魔族を屠《ほふ》ったというのか。

「あんなやつらの言うこと信じてたなんて、ほんと馬鹿だよね」

笑い飛ばしてやろうと思うのに、どうしても声が震えた。

もう一本のライナスの手が伸びてくる。

彼は私を抱きしめると、悔しさと悲しみで震える私を黙って泣かせてくれた。

＊＊＊

目が覚めると、そこは見知らぬ部屋の中だった。

豪華絢爛《ごうかけんらん》な城の内部でもなければ、恋い焦がれた日本の自室でもない。

ベッドから体を起こしてしばらくぼんやりしていると、ゆるゆると記憶が戻ってきた。

そういえば昨日は、私を無実の罪で弾劾しようとする王やその娘から逃げたのだった。

そのまま追手《おって》がかかる前に王都を後にし、私とライナスは碌《ろく》な旅支度もできないまま近くの村に宿を求めた。

近くと言っても普通の人なら馬を飛ばして二、三日はかかる場所だ。私たちはライナスの召喚獣に乗り、ある程度の距離と時間を稼ぐことに成功していた。

「おや、目が覚めたのかい？　ずっとうなされてたから心配してたんだよ」

タイミングよく部屋に現れたのは、昨日快く空き部屋を提供してくれた村の住人だった。ふくよかで笑い皺の深い、いかにも気風《きっぷ》のいい肝っ玉母さんといった風情だ。名前をマーサとい
い、この家の女主人である。

彼女が窓の鎧戸を開けると、部屋の中に白い光が溢れた。どうやら深く眠り込んでいたらしく、太陽はもう随分と高いところまで昇ってしまったみたいだ。

「ご、ごめんなさい！　こんなに寝過ごしてしまって……」

泊めてもらう代わりに、明朝仕事を手伝うと約束していたのだ。ところがすっかり寝過ごしたらしく、どうして起こしてくれなかったんだとライナスに逆恨みじみた感情が湧いた。

「そういえば、ライナスは？」

今気づいたが、同じ部屋で眠っていたはずのライナスがいない。

昨日の今日なので、一瞬ライナスまで私を見捨てたんだろうかという不安が頭を過ぎった。

だってもう私は聖女じゃない。王都では今頃私の悪名《あくめい》がしつこいぐらいに喧伝《けんでん》されていることだろう。そうして王は自らを正当化し、私の手柄も何もかも奪い取るつもりなのだ。

大方、あの国王たちは私みたいな子供には何もできないと高をくくっていたに違いない。

でも魔族が攻めてきているのに何もしないのは体裁が悪いから、一応聖女を召喚してみて登場した私に魔族退治の責任を全部押し付けたのだろう。

実際、私は旅の間に王は何もしてくれないと嘆く人たちをたくさん見た。魔族を倒すために国中から集められた兵士のほとんどは、王都に集められていた。

まるで、自分さえ助かればいいとでも言いたげな対応だ。

けれどそれだけじゃ暴動が起きかねないから、伝説の聖女が魔王を退治すると吹聴したのだろう。

まさか私が本当に魔王を退治して戻ってくるとは思わずに。

結局あの王にとって、予想外に使命を果たした私など邪魔なだけなのだ。

だから、私が自分よりも権威や発言権を持つことを恐れて、捕まえて口を封じようとしたのだろう。

まったく、こんなことまで考えてしまう自分が嫌になる。

きっとこちらの世界に来たばかりの頃なら、こんなこと考えもしなかった。

けれど私は、旅の最中《さなか》に何度も人間の汚い部分を目の当たりにしてきた。

己の利益のために親兄弟を売る者。命欲しさに魔族に与《くみ》した者。そして私なんかが聖女なはずはないとあからさまに疑ってかかる者。

私はこの世界で、人間は自分のためならなんだってできるのだということを学んだ。助け合いや自己犠牲が美しいのは、それがとても希少で珍しいものだからに違いない。つまり圧倒的多数の人間は、自分のためならどんな犠牲も厭《いと》わないのである。

――勿論私も、その一人だ。

「あの綺麗《きれい》な兄ちゃんなら今仕事を手伝ってもらってるよ。あんたやあたしの分も働くから、面倒を見てやってほしいってさ。かー、泣けるねえ。いい旦那じゃないか」

「なっ！　だだ旦那じゃありません！」

ひねくれたことを考えていたら、マーサの一言で現実に引き戻されひどく動揺してしまった。

まず相手が自分を女だと知っていることにも驚いたし、何よりライナスと夫婦に思われたのなんて初めてだ。

今まではよくて兄妹。普段なら似てない兄と弟だと思われたり、ひどい時には従者だと思われることすらあったというのに。

驚きに体を硬くする私に近づくと、マーサは私の服を寛《くつろ》げさせ、よく絞った布で体を拭き始めた。

看病に慣れているのか素早い手つきで、拒絶する暇《いとま》もない。

なるほどこれなら女とばれても仕方ないはずだと頭のどこかで冷静に思いつつ、私は鎧戸の方を見た。

すると間の悪いことに、ちょうど通りかかったらしいライナスがこちらを凝視しているではないか。

「ひっ！」

私は慌てて寛げられていた服を掻き合わせた。

その突然の拒絶に驚いたのか、マーサは私の視線を追ってライナスの存在に気付くと、困ったような笑みを浮かべた。

「あらあらごめんねぇ。村には老人と女子供しかいないから、ついいつもの癖で窓を開けっぱなしにしちまったよ」

謝られても、その言葉が碌《ろく》に耳に入ってこない。

ライナスは、まるで何事もなかったかのように涼しい顔をして、窓の外を通り過ぎていった。

私はどうにか平常心を保とうと自分に言い聞かせつつ、自分でやるからと押し切ってマーサを部屋から追い出した。

そういえば以前、似たようなことがあった。

私は現実逃避のついでとして、まだこの世界に来たばかりの、ライナスと出会った時のことに想いを馳《は》せた。

＊　＊　＊

——とにかくさっぱりしたかった。

あの時の心情を考えると、それ以外に言いようがない。

もしあの出来事がなにがしかの事件で、自分がそれを起こした犯罪者だったとするならば、まずはそう供述することから始めるだろう。

あの時の私は、金を奪われお付きの騎士に逃げられ、見知らぬ土地で一人生き抜かねばならないことへの絶望に打ちひしがれていた。

幸い言葉は通じたが、逆を言えば通じたのは言葉だけだ。日本どころか地球ですらない見知らぬ土地では、私が十六年かけて習得した日本の社会常識など何の役にも立たなかった。

身の危険はあちこちにあり、盗賊などという絵本でしか知らなかった存在が当たり前に跋扈《ばっこ》していた。住処《すみか》のない旅を続ける生活は不衛生極まりなく、この世界に来てからは濡《ぬ》れた布で体を拭くのがせいぜいで一度もお風呂に入れていなかった。

そんなある日、旅を共にしていた騎士が金を持って逃げたのである。

つまり私は、お金も、お金に換えられる財産もほとんどない状態で、何日も暗い森の中を歩き続けることになった。

その森は、私が召喚された国と隣国を隔てる国境部分だと聞かされていた。

でも、聞かせてくれたのは一緒に旅をしていた――そして逃げた――騎士ではない。私の行先を聞いて心配してくれた宿屋のおばさんだった。

国境の森は深く、盗賊や魔族が住み着いていることから近所の人はめったに足を踏み入れないという。

だがその話を聞いても、やけに無口な騎士は行先を変えようとはしなかった。よっぽど自分の腕に自信があるのかと思っていたけれど、今にして思えば私を間違いなく葬り去るためだったのだろう。

一日騎士の先導に従って森の中をたくさん歩き、翌朝目が覚めると騎士の姿は消えていた。

つまり私は、危険地帯に置き去りにされたのだ。もしこれが白雪姫のお話なら、七人の小人が出てきて救ってほしいほどの大ピンチである。

だがしかし、私の肌が雪のように白くなかったせいか、それとも髪が黒檀《こくたん》のような黒じゃなかったせいか、理由は分からないがとにかく助けはやってこなかった。

そして私にできたことと言えば、とにかく森を抜けるために歩き続けることだけだった。

できるだけ、魔族の痕跡を追いながら歩いた。

なぜなら宿屋のおばさんに、魔族の住処には盗賊も寄り付かないという話を聞いたせいだ。

盗賊も魔族もどちらも危険と言えば危険だったが、魔族に関して言えば私は召喚の時に与えられた聖なる力とやらで退けることができた。

だが、その力は人間には効かない。

つまり私は、この森の中に限っては魔族に会うよりも人間に会う方がよほど恐ろしかったのだ。

そして何キロも何キロも歩き、小学生の時に参加した学校行事の歩く会よりも長い道のりをひたすらに歩き、体は汗でべたべたになり服は倒した魔族の血で汚れひどい異臭がするまでになった。

体は疲れ果て、少しずつ消費していた僅かな食料も底をつきかけていた。

足を止めたら、もう前には進めなくなる。そんな予感を抱きながら歩いていたら、小さな川にぶち当たった。

透き通った小川で、近くには魔族の気配も人間の気配もなかった。

私は何かに取りつかれたように渇いた喉を潤し、歩き疲れてまめだらけになった足をその水で冷やした。

そうなれば、次の欲求は決まっている。私は小川の水で、体を清めたくてたまらなくなってしまったのだ。

だってついこの間まで毎日浴槽に浸《つ》かってお風呂に入る至極日本人的な生活を送っていたのに、今ではシャワーで汗を流すことすらできなくなっていたのだ。服は何日も着たきりで、そのことに対しても多大なるストレスを感じていた。

私はもう一度周囲を見回すと、人気《ひとけ》がないことを確認して服を脱いだ。無防備だと非難されたって構わない。私はどうしても悪臭がする体とか服とか絶望的な状況にくよくよする心とか、全部洗い流してしまいたかった。

小川での水浴びは、とても爽快だった。

水は冷たく、気温は暖かい。これが異世界じゃなかったらきっと最高のアクティビティだったことだろう。

私は徹底的に体を洗い、持っている服を全て洗濯した。ちなみに服というのは、目立たないようにとこちらの世界で買い求めた古着だ。

召喚された時に着ていた服は、珍しいからと王宮で取り上げられてしまった。

その時に王宮に相応《ふさわ》しい服とやらも貰ったのだけれど、それは金策のために城を出てすぐに売ってしまったのである。

そういう訳で、今日本の名残があるとすれば、それは黒い目と黒い髪。そしてなんとか取り上げられずに済んだスニーカーぐらいだった。このスニーカーがなければここまで歩けなかっただろうから、まさしく不幸中の幸いである。

そうして夢中になって全裸で洗濯にいそしんでいると、カサリと近くの茂みから葉擦《はず》れの音がして私は身を強張らせた。

魔族ならまだいい。裸を見られても羞恥なんて感じなくて済む。自分の力でどうにか対処だってできる。

問題は、相手が人間だった場合である。女性だったらまだいいが、こんな森の奥深くまで入り込む人間など、この森に根城《ねじろ》を持つという盗賊ぐらいしか思い浮かばなかった。

――私の人生そこまで不幸じゃなくてもよくない⁉

いっそのこと大声でそう叫びたくなった。

異世界に召喚されたとかお付きの騎士に逃げられたとか。それだけでも十分不幸なのに、更に全裸でいるところを盗賊に発見されるなど、救いになる要素が何一つないではないか。

そう思いながら洗っていた服で体を隠し、音がした方向に意識を集中させた。

まだ向こうはこちらに気付いていないかもしれないし、運がよければ動物だった、などという可能性もある。

叫び出したいような緊張をねじ伏せて森の中に目を凝《こ》らすと、木の陰からとんでもない美形が顔を出した。

「ひぃ！」

喉の奥から引きつった悲鳴が零《こぼ》れた。

疲れ切って声も出ないと思っていたので、大きな悲鳴が出たことに自分が一番驚いていた。

「落ち着け！」

動揺する私に男が叫んだ。

「お……俺は魔族だ！　怪しい者じゃない！」

――それが、私たちのファーストコンタクトのあらましである。

正直裸を見られた恥ずかしさは今でも忘れられない。そんな相手と一緒に旅するなんてどうかと思われるだろうが、結局私とライナスは今でも一緒に旅をしている。

彼のおかげで命を救われたことも一度や二度ではなく、裸を見られた腹いせに徹底抗戦しなくてよかったと改めて思う。

なんでもライナスの話によると、彼は最初から私が聖女だと知っていて、仲間になろうと思い近づいたのだそうだ。

それで、声をかけようと思ったら私が脱ぎ始めてしまい、どうしようか困っていたのだと。

話がしたかったのなら服を全て脱ぐ前に出てきてほしかったと思わなくもないが、一人きりで死にかけていたところに彼が現れてくれて本当によかったと思っている。

少なくとも彼がいなければ、私は死ぬまであの森から出ることはできなかったかもしれないし、その後の旅のどこかで命を落としていたに違いないのだから。

盗賊団に狙われたり一人では対処し切れない魔族が行く手を阻んだり、死にかけたことは何度もある。そのたびにライナスに危機を救われ、なんとかここまでやってきたのである。

＊＊＊

おいしそうな匂いが鼻孔《びこう》をくすぐる。

寝汗を拭いて着替えると、随分気分がよくなった。

先ほどの出来事はなかったことにして、私は匂いに誘われるまま部屋を出る。

土間になっている台所では、マーサが楽しそうに鍋をかき混ぜていた。どうやらそれが匂いの元らしい。

「もうすぐできるから待っててね～」

上機嫌に鍋の中身をかき回すマーサに、不意に罪悪感が湧いてくる。見ず知らずの人間を快く泊めてくれた恩人を、動揺していたとはいえ部屋から追い出してしまったのだから。

「すいません。色々お気遣いいただいて……さっきも……」

私が言葉を濁していると、マーサは何を言っているのか分からないとでも言いたげに目をぱちくりと瞬かせた。

「あらやだ気にしないで。こっちの方が謝らなくちゃならないのに。ごめんよぉ。久しぶりに父以外の人間と喋《しゃべ》るもんだから楽しくて」

どうやらマーサは、この家に自分の父親と二人で暮らしているらしい。

こちらの世界は日本と違って平均寿命がそれほど長くないので、私の母親よりも年上に見えるマーサの父親が存命だというのは、この世界では珍しいことに思えた。

「あ……そういえば私ご挨拶もしてなくて」

そんな話をしていると、ちょうど扉が開いて奥からやせこけた老人がよろけながら歩いてきた。

「まあ父さん！　勝手にベッドから出ちゃだめじゃないか」

マーサが驚いたように老人に駆け寄る。

だが老人はそんなマーサを枯れ木のような腕で振り払うと、怒りの表情を浮かべて叫んだ。

「おい！　家ん中に知らねぇ人間を上げるなんて何考えてんだ！　このぐずがっ」

そう言って、老人はあろうことか手にしていた杖《つえ》でマーサを叩《たた》き始めた。

これには私も驚き、咄嗟《とっさ》にマーサを庇《かば》おうと駆け寄る。

だが気丈にもマーサは私を近づけないよう手で制すると、逞《たくま》しい腕で杖を摑《つか》み老人の蛮行を押し留めた。だがその腕にはくっきりと、杖で打たれたらしい痣《あざ》が残っていた。

「ねえ父さん。お客さんが獲物を狩ってきてくれたんだよ。お肉なんて久しぶりだろ？　みんなで食べようじゃないか」

マーサは何事もなかったかのような優しい声で問いかける。

だがそれが面白くなかったのか、老人はマーサの手を振り払い家の外に出ていってしまった。

「あ……」

突然の出来事に唖然と立ち尽くしていた私は、我に返ると慌ててマーサに駆け寄った。

「大丈夫ですか⁉」

顔に笑みを貼り付けたまま、彼女はなかなか立ち上がろうとはしない。

私が腕の痣をよく見ようと彼女の服の袖をまくると、そこには治りかけの痣が何本も重なり合って癒える暇もないようだった。

こんな怪我《けが》を隠しながら、気丈に父親の世話をしているマーサ。

私は思わず、鼻がつんとして目頭が熱くなった。

「ごめんね。見苦しいところを見せちまった」

「そんなの気にしないでください！　そのままじっとして、動かないで……」

私は決意を秘めて、彼女の腕に手をかざした。

日本からこちらの世界に来る時に手に入れた、悪を滅する聖なる力。人を癒やし魔族を苦しめる、私が腐っても聖女と呼ばれるゆえんである。

本当は村でこの力を使うつもりはなかった。魔法が存在するこの世界の中でも、人の怪我や病《やまい》を癒やす聖なる力は異世界から召喚された聖女だけが持つものである。つまりここでマーサの傷を癒やせば、彼女に私の正体がばれてしまうということだ。

しかしそれでも、私はその痛々しい痣を放っておくことができなかった。

「え……」

かざした手のひらから白い光が溢れ、マーサの体に浮かんだ痣をたちまち癒やしていく。しばらくして全ての傷が癒えると、私はゆっくりと手を下ろした。

向き合うマーサの顔には、隠しようもない驚きと畏《おそ》れのようなものが浮かんでいる。

「まさか……あんたは……」

彼女の反応は無理もない。

まだこの村に王の追手は来ていないが、魔王を倒すために聖女が召喚されたということは国内では有名な話である。

そして彼女の顔にはありありと、どうして聖女がこんなところにという疑問が浮かんでいた。

その時、火にかけられたままのスープが煮立って溢れ出し、炎に触れてじゅわじゅわと大きな音を立てた。

＊　＊　＊

昼食の用意をしながら、私とマーサはお互いに事情を説明することになった。

私は冤罪《えんざい》で王から逃げる途中だということ。彼女のためを思えばこの話はしない方がよかったのかもしれないが、聖女であることがばれてしまった以上、都合のいい言い訳は難しい。何より、私はもうこれ以上彼女に嘘をつきたくなかった。

マーサはやはり驚いていたようだが、その度量の広さですぐに受け入れてくれた。

どうやら村に届けられる噂《うわさ》も聖女を讃《たた》えるというよりはその聖女を召喚した王を讃えるものばかりだったそうで、マーサも何かがおかしいと感じていたという。

「大体ね、そんな立派な王様なら今頃うちはこんなことにはなってなかったよ」

ぼそりと彼女が王への非難を口にしたので、私は驚いてしまった。

なんでもマーサによれば、もともとこの家はマーサとマーサの夫、それにその娘と娘婿、そしてさっきのマーサの父という五人家族だったらしい。

だが魔族が活発化したことで夫と娘婿が王都防衛のための兵士として徴集されてしまい、娘さんも二人について王都へ行ってしまったそうだ。本当はマーサも一緒に行きたかったらしいが、老いた父親が村を離れたくないとごねたため、彼女も父親を残してはいけないと村に残ることにしたという。

明るい彼女から淡々と語られる話は、なんとも言いようのないやるせなさを感じさせるものだった。

そもそも対魔王のための軍ならば、もとより守りの堅い王都ではなくこの村のような、より魔族領に近い辺境にこそ配備すべきだろう。

自分だけが助かればそれでいいと、そう考えているのがありありと窺えて、またしても私は王に苛立《つの》ちを募らせた。

「でも……あんたが魔王を倒してくれたんなら、旦那も娘たちももうすぐ帰ってくるんだね。本当にありがとう」

そう言って、マーサは身元を隠していた私を責めもせずその温かい手のひらで私の手を包み込んだ。

彼女の目の笑い皺の上にはほんの少しだけ涙がのっていて、私は彼女のためにその涙を見て見ないふりをした。

「……おい」

すると、いつ帰ってきたのか玄関口にライナスが立っている。

私は驚きに目を見張った。なんと彼の後ろには、先ほど出ていったはずの老人が引きずられるようにしてついてきていたからだ。

老人はまるで暴れるゴブリンのように、ライナスの手から逃れようと大いに暴れていた。今にも折れそうな体のどこにそんなパワーが隠されているのか、ちょっと不思議に思うくらいである。

「あらあら、連れてきてくれたのかい⁉」

マーサが驚いたように二人に駆け寄る。

一方ライナスはと言えば、相変わらずの無表情だ。

だがいつもと違って、その顔はどこか困惑しているように見える。

「どうしたの？」

「いや、この男、おそらくは……魔素《まそ》に当てられている」

「ええ⁉」

魔素というのは魔王や魔族を構成する物質で、この魔素に当てられると動物は凶暴化し、植物は邪悪なモンスターになってしまうのだ。

教会が販売している聖水などで祓《はら》うことができるものではあるが、王都から離れた小さな村までは教会の手も行き届かない。

改めて老人をよく見ると、確かにライナスの言う通り彼には微弱な魔素が纏《まと》わりついているように見えた。

「ライナス！　そのまま押さえといて」

私はそうお願いすると、老人の額に手をかざした。

「何をする気だ‼」

人のそれとは思えないような血走った目は、明らかに尋常な様子ではない。

私がさっきと同じように聖なる力を手のひらに込めると、白い光が老人の体を包み込んだ。すると彼は力を失い、その場に倒れ込んでしまう。

マーサが父に縋《すが》りついた。

「父さん！　何があったの？　父さん！」

するとその声が届いたのか、ゆっくりと老人が目を開く。

彼は先ほどまでとはまるで別人のように、穏やかな顔をしていた。

「マーサ？　これは一体……？」

記憶が曖昧なのか、老人はまるで夢から覚めたような無垢《むく》な表情をしていた。

「父さん。大丈夫なのかい？　体は痛くない？」

「いや……。久しぶりにすごく気分がいい。なんであんなに苛々していたんだろう。マーサ、すまない。お前にも迷惑をかけたな」

「そ、そんなのいいんだよぉ！　お父さんが元気ならあたしはそれで」

どうやらマーサの父は魔素によって凶暴化していたらしい。ライナスが言った通りだ。

「ところで」

一段落したと思ったのだろう。成り行きを見守っていたライナスが口を開いた。

「そろそろいいか？　腹が減った」

「ちょ、あんたねえ」

相変わらずの空気の読めなさに呆れて咎めようとすると、マーサが先ほどよりも幸せそうな笑みを浮かべて大きな声で言い放った。

「ちょうどできたところだよ！　いっぱい食べていっとくれっ」

これで、彼女の生活が少しでもいいものになればいい。

そんな願いを抱きつつ、食事をして私とライナスはその日のうちに村を発《た》った。

＊　＊　＊

私たちは、二人で森を歩いていた。

それというのも、例のマーサの父親がおそらくこの森で魔素に当てられたと思われるからだ。

彼は猟師をしていて、ある日森の中で黒い巨大なイノシシに出会ったという。彼はそのイノシシを山の神かと思って逃げ帰ったそうだが、その日から全てのことにいらいらして仕方なかったそうだ。

まず間違いなく、そのイノシシが魔族か、あるいは魔素に取りつかれた動物だったのだろう。魔素とは魔王によって世界にばらまかれた悪意のようなものだ。

そして、魔王を倒したおかげで魔族の活動は停滞こそしているが、全ての魔族が滅んだわけではない。

こんなに人里近い場所に魔素を放つ存在がいるというのなら、被害がもっと広がらないうちに排除すべきだ。

そんな訳で、私たちはそのイノシシを探して森の中を歩いているのだった。

「なぜこんなことをするんだ？　もう王国のやつらを助ける義理もないだろう」

追手から逃れるため旅を急ぐと思っていたらしいライナスは、首をかしげてついてくる。

木の棒で背の高い草をかき分けていた私は、彼を振り返って言った。

「いいの。これは自己満足。知らなかったふりをしてここを離れることもできるけど、それをしたらきっとずっと心残りになる。だからその心残りの芽を摘んでいくだけ。私のためだよ」

そう説明したものの、やはりライナスは理解できないとばかりに難しい顔をしていた。

「まあ俺は、アズサが行くところならどこでもいいのだがな」

「そういえば、ライナスって帰るところとかないの？　魔王を倒したんだから代わりに魔王になるとかさ。そもそものために私たちに協力してたんじゃなかったっけ」

彼が仲間に加わったのは、確かそういう理由でのことだった。人間社会への侵略を性急に進める魔王を止めたいと。

その魔王が倒れたのだから、ライナスが次の魔王になってもいいように思えるのだが。

なにせ彼は強い。それも洒落《しゃれ》にならないほど強い。

魔王城に攻め込んだ時も、序盤の雑魚《ざこ》は勿論、終盤に出てきた幹部と思われる魔族もどんどん倒していた。魔王相手にも決して臆《おく》することなく、平気で攻撃を仕掛けていたように思う。

正直、私の聖なる力をもってしても、ライナスを倒せるとは断言できない。

なので、彼が魔王になってまた私に討伐命令が下されでもしたら困るので、彼にはこのままでいてほしい。

そもそも日本に帰る方法を失った今となっては、ライナスの存在は心強い。城に向かう前に彼とも別れていたら、私は大人しくあの場で王に捕らえられていたに違いないのだから。

「あ、ああ。覚えていたのか。あれは声をかけるための言い訳で――――じゃなかった。もういいんだ。魔族にはまともなやつもいる。そいつらが今頃どうにかしているだろ」

ライナスの返事はなかなかに投げやりなものだった。

魔族側の組織というものがどうなっているのかは分からないが、戦ってみた感じだと実力第一主義という印象を受けた。

ちなみに魔王を倒してからしばらく経《た》っているが、魔王の敵討《かたきう》ちに魔族がやってくることもない。

人間の常識とはどうやら色々なことが違うようだ。

「適当だなあ。まあ、ライナスが一緒にいてくれるなら心強いけどね」

思っていたことを正直に伝えると、後ろからついてきていた足音が止まった。

どうしたんだろうかと振り返ると、なぜか相手は片手で顔を覆っていた。

「どうしたの？　気持ち悪い？」

魔族に体調不良などあるのだろうかと思いつつ、ライナスに近寄る。顔を覗き込んで額に手を当てると、なぜだか近寄るなと言わんばかりに後ずさられてしまった。

よほど手に力が入っているのか、色白の顔がじんわりと赤らんでいる。

「ちょっと。具合が悪いなら言ってよ。ライナスのことは聖なる力じゃ癒やせないんだから」

癒やせないどころか、魔族である彼にとって私の力は劇薬に等しい。

なのにずっとついてくるなんて随分変わり者だ。もしかしたら何か別の理由があって私についてきているのだろうか。

たとえば知り合いの魔族に害を及ぼさないよう、見張っているとか。

それならまだ、彼の不可思議な行動の意味も理解できる。

だがそれだとライナスは、私がこの世界にいる限りずっと、一緒に旅をし続けなければならなくなってしまうのではないだろうか。見た目にも能力にも恵まれている男なだけに、それはあまりに不憫《ふびん》に思えた。

「本当になんでもな……おい、あれはなんだ？」

露骨に話題を逸《そ》らされた気がしなくもなかったが、その時彼が指さした方向には確かに強い魔素が感じられた。

慌ててそちらに視線をやれば、マーサの父親が言った通り、見上げるような巨大なイノシシがこちらをじっと見つめているところだった。

その目に理性はなく、興奮したように息が荒かった。

何よりそのイノシシを取り巻く魔素の量を見れば、これが元凶であることはほぼ間違いなさそうだ。

周辺の植物すら、その魔素の影響でおかしな動きをし始めている。

これは即刻退治すべきものだと、この二年間の経験が私にささやきかけた。

「アズサ！」

イノシシが勢いをつけてこちらに突進してきたのと同じタイミングで、ライナスが私を抱え空へと飛び上がる。

木々がなぎ倒され、まるで悲鳴のような倒木の音が響いた。

地面に生えていた草は腐り落ち、イノシシに触れた木々は風もないのにざわざわと揺らめき始めている。

正直、イノシシが纏《まと》う魔素の規模は想像以上で、よくマーサの村の人々が今まで無事でいられたなと思うほどだった。

おそらく森に入る猟師や木こりも徴兵されたせいで、今まで大きな騒ぎにならずに済んでいたのだろう。

だがここから馬で二、三日走れば王都だと考えると、このイノシシが今まで人を襲うことなくきたのが奇跡のように思われた。

私はライナスによって木の上に下ろしてもらい足場を確保すると、猛《たけ》るイノシシに向けて意識を集中させた。

ライナスはそのまま陽動のためイノシシの傍に飛んでいく。飛んでいく彼の背中には、いつの間にか黒い蝙蝠《こうもり》のような翼が生えていた。

聖なる力というやつは、使う力の量に比例して起動させるまでの時間が長くなっていく。

なので相手がこんな大物だったり土地そのものを浄化する際などには、こんな風に仲間に時間稼ぎをしてもらわなければならないのである。

でも、このところずっとライナスを含めた四人の仲間とパーティを組んで旅をしていたから、囮《おとり》を彼一人に任せることに申し訳なさを覚えた。

まあライナスは強いので、仮に私がいなかったとしても彼一人でもこのイノシシを倒すことは可能なのだろうが。

しかしそうすると、このイノシシを形成する魔素はこの場に残り続けてしまう。そしてしばらくすると、別の動物に取りついて狂暴化させてしまうというわけ。

なので魔素による被害を根絶するには、どうしても私の聖なる力が必要らしい。旅の仲間であるアレクシスにそう何度も力説されたので、一応私も心得ている。

そういう訳で、ライナスには敵を生かさず殺さず、うまい具合に引き付けて時間を稼いでもらう必要があった。

黒い翼をはばたかせ、彼は重力を無視してあちらこちらに飛ぶ。

イノシシはライナスに誘導されるまま、走っては木にぶつかったり岩にぶつかったりを繰り返していた。そのたびに地響きが轟《とどろ》き大地が震える。

私は木の上から落ちないよう必死に太い枝にしがみつきながら、自分の手のひらに意識を集中させた。

じんわりと温かい光が、どんどん手のひらに集まってくる。

正直、この聖なる力の使い方は未《いま》だによく分かっていない。召喚の際にいつの間にか使えるようになっていた力で、ついでに言うとこの力を使える者が代々の聖女しかいなかったので、研究などもされていないのである。

なので私の使い方もあくまで自己流だ。使えなければ死ぬという場面で、火事場の馬鹿力的に使えるようになったに過ぎない。

聖女ならもっと、身を清めるとか祈りをささげるなどの手順がありそうなものなのに、そんなものも一切ないのだ。

だが、そんないい加減に思える力であっても、この二年間で積み上げてきた経験が私を落ち着かせ、そして自信を与えてくれていた。

「ライナス、離れて！」

十分に力が溜《た》まったと判断し、聖なる力にライナスが巻き込まれないよう声をかける。

すると黒い影が、まるで死を恐れぬマタドールのように突進するイノシシを直前まで引き付けたかと思うと、すんでのところで躱《かわ》して空に飛び上がった。

敵を見失ったイノシシは、私に標的を移しこちらに向かってくる。私はそのイノシシに向けて、溜め込んでいた力を解放した。

両手のひらから白い光が溢れ、一直線にイノシシへと集束する。光が直撃したイノシシは、まるで見えない縄に抗《あらが》うように地団駄《じだんだ》を踏んで暴れた。どしんどしんと地面が激しい揺れを伝えてくる。

私はイノシシが動かなくなるまで、力を放出し続けた。

光を浴びた周囲の木々が、まるで巻き戻し動画のように元の姿に戻っていく。けれど、一度腐り落ちてしまった地面の草や落ち葉は戻らなかった。

力を放出し終わると、ひどい疲労感が襲い掛かってくる。単体であったとはいえ、随分と力を蓄《たくわ》えていたのか厄介な相手だった。

「おい、大丈夫か？」

ふらつく私を、ライナスが支えてくれる。

二人になってから、どうもライナスが過保護になったように感じられる。

別れた他の仲間たちの分まで、私のことを気遣ってくれているのかもしれない。

「大丈夫だって。魔王を倒した時に比べたらこれくらい……」

あの時は本当に大変で、倒した後はひと月近く寝床から動けなかった。全身がむち打ちになったみたいに痛くて、仲間たちに心配をかけた。

あの時、このまま異世界で死ぬのかと思ったら悔しくてたまらなくなった。

だから私は、もう後悔しないように生きると決めたのだ。

「うん、決めた」

私の突然の言葉に、ライナスは驚いたようだった。

こちらを見つめる金の目が、驚きに見開かれている。

綺麗《きれい》な色だ。こんなに綺麗なら、人が魔族に惑わされるのも分かる気がする。

「私、この世界で青春を取り戻す」

「は？」

「恋をして恋をして恋をして、この世界に来てよかったたって言ってみせる！」

「と、突然何を言い出すんだ。頭を打ったのか⁉」

私の宣言にライナスは更に分かりやすく驚き、困惑し、その目はなぜか泳いでいた。

いつも無表情なライナスのそんな顔を見ることができて、なんだか得をしたような気持ちになった。

＊＊＊

さて、旅の方針が決まったからには、やるべきことは一つ。まずは行先の選定だ。

私たちは今、忌《い》まわしいクレファンディウス王国のはずれにいる。追われる身でもあるので、とにかくこの国を出たい。

クレファンディウス王国と国境を接している国はいくつかあるが、ここから一番近いのはグランシア王国だ。何よりこの国は、頼りになる仲間がいる国でもある。

「じゃあ、当面の目標はグランシア王国の王都に行くことね」

指針が決まってテンションが上がっている私とは対照的に、ライナスはいつもの無表情を通り越してどこか不機嫌そうだった。

「どうしたの？　勝手に行先を決めたから怒ってるの？」

同行者の意見も聞くべきだろうと話を振ると、ライナスはその表情とは裏腹に私の問いかけを否定した。

「怒ってない。アズサはどこへでも好きな場所に行けばいい。俺はそれについていくだけだ」

そう言いつつも、ライナスは不機嫌そうなままなのだ。

「じゃあそんな顔するのやめてよ。仲間なんだから何か行きたくない理由があるならちゃんと言ってほしい。行先は別にグランシア王国じゃなくてもいいんだし」

そう言うと、ライナスの表情が目に見えて変わった——気がする。他人から見たらきっとほとんど変わってないと評するに違いないのだけれど。

「本当か？」

そんなライナスの問いに、私は何の衒《てら》いもなく頷いた。

「うん。だって運命の相手がどこにいるかなんて分からないもん。グランシア王国でだめなら他の国も回るつもりだし、別に最初はどこだっていいんだよ。あー……でも一応追われる身だから、最初は安心できる仲間がいる国がいいかなって思っただけで」

なんだか言い訳をしているみたいだ。本当のことなのに。

そんなことをぼんやり考えていると、ライナスは小さな声でぼそりと呟いた。

「なんだ、俺はてっきりアレクシスのやつと——」

「ん？　アレクがどうかしたの？」

アレクシスというのは、これから向かうグランシア王国にいる仲間の名前だ。アレクシス・フォン・グランシア。未来のグランシア王国を背負って立つ、王子様でもある。

彼は最後までクレファンディウスには戻らない方がいいと忠告してくれていたのだけれど、どうしても日本に帰りたかった私はその反対を押し切ってこの国にやってきた。

今思えば、アレクにはこうなることが分かっていたのかもしれない。

なにせ王子様だし、彼は私の知らないあのクソムカつくおっさんの情報を耳にしていたのかもしれない。

そんなことを考えつつライナスの様子を窺っていると、少しとげとげしていた空気が目に見えて丸くなった。

「別に異論はない。距離から考えてもグランシアに向かうのが妥当だろう」

「そう？　じゃあ意見が変わったらすぐ言ってね？　私だって別に、ライナスを無理に付き合わせたいわけじゃないんだから。そりゃ、頼ってばっかりでこんなこと言える立場じゃないって分かってるけど、最悪私一人でも……」

「絶っ対に、一緒に行く！」

力強く断言され、こちらの方が驚いた。

私と一緒に行動しても得になることなんて何もないはずなのに、魔族の思考回路というのは相変わらず謎だ。

ともあれやけに乗り気になったライナスと一緒に、私はグランシア王国へと向かった。

＊　＊　＊

――きっかけは些細《ささい》な好奇心だった。

そうライナスは回想する。

彼は魔素から生まれ出《い》でた魔族であり、魔族の中でも有数の強い力を持つ高位な存在だった。魔族と人は相容《あいい》れない存在だ。人よりも長い生を生き、人の道徳とはおおよそかけ離れた嗜好《しこう》を持つ者ども。人を惑わせその苦しみを糧《かて》とし、時にその魂までをも食らう。

ライナスがその異世界人に近づいたのは、魔族を亡《ほろ》ぼすことのできる人間というものに興味があったからだ。

そもそもライナスは、魔族の中でも一線を画する存在だった。魔族は人と違い、完全な実力主義だ。その力の強さによって相応《ふさわ》しい爵位に叙される。そしてライナスの位は、魔王に次ぐ魔公爵だった。

魔公爵の数は、決して多くはない。片手の指で足りるほどである。

しかしその中ですらライナスは、浮いていた。

魔族らしくない魔族。力がありながらその力を行使することに興味のない公爵として、他の魔族からも奇異な存在として認識されていたのである。

決して他と群れることがなく、魔王に命じられた人の国への侵攻も面倒くさがって他の魔族に押し付けたりしていた。

それでも処罰されずにいたのは、偏《ひとえ》にライナスが圧倒的な力を持っていたからだ。その力は魔王にすら比肩《ひけん》しうると言われ、下位の魔族たちは恐れて近づくことすらできなかっただろう。

そんな退屈な日々の中で、ライナスは思ったのだ。己《おのれ》を殺す力を持つ異世界人にならば、もしかしたら興味を抱けるかもしれないと。

そしてその予想は、思わぬ形で現実のものとなった。

珍しい黒髪に、黒い目を持つ年端もいかぬ少女。

ライナスが初めて会った時、少女はその目に壮絶な決意を宿していた。

自分を呼び出した人間たちに騙され森に置き去りにされても、母国に帰るために約束を果たそうと絶望的な戦いに身を投じていた。

そしてライナスが驚かされたのは、そんな状況の中でも彼女が、決して絶望してはいなかったことだ。

顔はやせ細り研ぎ澄まされていたが、その目は光を失ってはいなかった。体中傷だらけになりながらも、決して逃げ出そうとはしないのだった。

面白い——生まれて初めて、そう思った。

魔族は人の弱みを熟知している。いくらでも絶望に叩き落とすことができる。そしてこの娘は、今からそいつらに挑もうとしているのだと思うとぞくぞくした。

だから彼女が堕《お》ちるその瞬間を、その目で見たくなった。

彼が魔王と敵対して聖女に与《くみ》したのは、そんな理由だ。

彼女が足を止めて水浴びしているところに出ていってしまい、恨みを買ったのは計算外だったが。

それからライナスは、アズサと行動を共にしている。

だが戦いの中でも、彼女は決して諦めることをしなかった。傷つき疲れ果て涙を流しても、魔王を倒す旅をやめるとは最後まで言わなかった。

一体何が、彼女をそうさせたのか。

ある晩のことだ。

野営の際にライナスが不寝番《ふしんばん》をしていると、毛布にくるまっていたはずのアズサが眠れないからと隣に座った。

魔族のいない世界で育ったためか、それとも己の力で対処できるという自信があるからか、アズサはいつもライナスをまるで人間のように扱った。

ライナスの後に仲間になったアレクシスなどに注意されても、彼女は決してライナスと距離をとろうとはしなかった。

彼女はあまり、故郷の話をしなかった。

まるで口に出すだけで、故郷の思い出が零れ落ちてしまうとでもいうように、異世界の記憶を大切に大切にしていた。

だからライナスが異世界について知っていることなど、未だに数えるほどだ。

けれどその夜、アズサは珍しく故郷の話をした。

日本という国で生まれ育ったこと。毎日学校に通って、友達と他愛もないやり取りをして過ごしていたということ。異世界にも戦争のような人間同士の大きな諍《いさか》いはあったが、学生のアズサにとってそれらは遠い世界の出来事だったということ。

きっと、夕食の席で仲間たちがそれぞれ自国の話をしたので、自分も誰かに話したくなったのだろう。けれど彼女はあえて、その話をする相手にライナスを選んだ。

きっと彼女は、同情されたくなかったのだ。

他の仲間ならば、きっとアズサを慰めたことだろう。この旅さえ終われば帰れるんだと、彼女を元気づけたかもしれない。

けれどライナスは、そんなことは言わなかった。

彼は郷愁など理解しなかった。親を持たない魔族である彼は、両親と離れた寂しさなど理解できなかった。

そしてそれが、アズサには心地よかったのだろう。

彼女は己の感傷を誰かと分かち合いたいとは思っていなかった。

人は疲れ果てた時、慰めすらも重荷に感じる時がある。気遣われることすら負担になる。

ライナスが相手ならば、アズサはそれを感じなくて済んだのだ。

この時ライナスの胸には、不思議と喜びの感情が湧き上がった。

人ではない自分を選んで故郷の話をしてくれたことに。自分がアズサの中で特別なのだと感じることができた。

どうして喜びを感じたのか、その時は分からなかったが。

それは束の間の――まるで幻のような儚《はかな》い時間だった。

そして結局、旅は聖女の勝利で幕を閉じた。

ライナスを裏切り者と呼ぶ者も当然いる。だが魔王亡き今、魔族の中では敵《かな》う者のいなくなったライナスを敵に回すような馬鹿はいないのである。

それどころか、力あるライナスを次の魔王にしようとする勢力さえあった。

権勢欲のないライナスには、まったく迷惑なだけの話ではあったが。

そして彼は、旅の終わりと同時に己の変容を自覚した。

異世界に帰りたいと渇望する少女を、いつからか帰したくないと思うようになっていた。

好奇心から近づいた人間は、ライナスにとって毒も同じだった。気が付いたら目で追っている。離れられなくなっている。彼女のこととなると歯止めが利かない。

――渇望していた帰還への道が閉ざされても、少女の目が絶望に染まることはついぞなかった。

『恋がしたい』などと言い旅を続けることになった彼女から、ライナスは未だに離れられずにいる。

＊　＊　＊

方針が決まったからには即移動だ。

私とライナスはグランシア王国に向かって移動を始めた。

追われる身なので人目につかないよう街道を避け、ライナスが消耗しない程度に転移して距離を稼ぐ。

「ごめん。疲れたらすぐに言ってね。私じゃライナスを癒やせないんだから」

魔王討伐に赴《おもむ》く旅の途中ですら、こんな無茶な移動の仕方はしなかった。そもそも人数が五人もいたので、転移は使えなかったのだ。

こうして世話になりっぱなしでいると、ひどく罪悪感が湧く。

他の仲間なら傷や疲労を癒やすこともできたけれど、聖なる力では逆にライナスの力を奪ってしまうだけだ。

それにライナスは何事も顔に出さないので、より注意しておく必要がある。

一度戦闘中に、誤って私の力が彼に当たってしまったことがあった。

ライナスは平気そうな顔で気にするなと言ったものの、結局倒れて三日ほど昏睡《こんすい》状態に陥ってしまったのだ。

今思い出しても背筋が冷える。四日目の朝にライナスが目覚めなかったら、きっと私は自分のことが許せなくなっていただろう。

「分かっている。お前こそ不調があればすぐに言え。聖女とはいえ人間は脆《もろ》い」

ライナスばかり心配していたら、逆に自分の心配をしろと言われてしまった。

「そりゃ、ライナスに比べたら人間は大抵弱いよ。ライナスが異常なんだよ」

なにせ彼は魔族だ。物理攻撃や魔法攻撃には滅法《めっぽう》強い。聖なる力以外の弱点がこれといって見当たらない。

「いや、お前はまず間違いなく他の人間より弱いぞ。初めの頃はよく腹を壊して一人で青い顔をしていただろう。他の奴らは平気そうだったのに」

「そ、それはこっちの食べ物に慣れなかったからで……！」

恥ずかしい過去を指摘され、顔が熱くなった。

魔法の世界に浄水場などあるはずがなく、水は当然生水《なまみず》だった。なので初めの頃は体が慣れず、よく体調を崩していた。

原因が水だと気づいたのは、随分後になってからだ。それから水は必ず沸騰させてから飲むようにしたので、だいぶ症状も改善した。

聖女なんて聞こえはいいけど、そんな優雅な生活ではなかった。要はサバイバル生活だったのだ。

我ながら、よく魔王を討伐できたよなあと思う。途中で野垂《のた》れ死ぬ可能性だって十分にあった。

相手が魔族なら聖なる力で対応できるけれど、夜盗や山賊なんかが襲ってくる場合もある。昔から逃げ足だけは速かったので、それに救われたのも一度や二度じゃない。

仲間ができてからは、旅がだいぶ楽になった。この世界の常識も、彼らに教わった。

不意に、別れた仲間たちに会いたくてたまらなくなった。

冒険者のターニャは、私たちが二人でクレファンディウス王国に戻ると決まった時、最後まで難色を示していた。

旅の間、常々私とライナスは世間知らずだから、絶対に二人だけでは行動しないように言われていた。

まだ別れてそれほど時間は経っていないというのに、まるで姉のような細々《こまごま》としたお小言の数々が、懐かしくてたまらない。

「会いたいな……」

思わずそう呟くと、隣を歩いていたライナスの纏う空気が尖《とが》ったのが分かった。

「そんなにアレクシスのやつに会いたいのか？」

さっきからどうも、ライナスは私がアレクに会いに行くのが気に入らないらしい。

一緒に旅をしている時から隙あらば反目し合っていた二人なので、こんな反応になるのも仕方ないのかもしれないが。

「アレクにっていうか、みんなにね。今はターニャのことを思い出してた。ターニャは最後まで私たち二人で旅するのは危ないって心配してたでしょ？　二人とも世間知らずだからって」

私が笑いながら言うと、ライナスの鋭い空気が少し和らいだのが分かった。

「ああ。まあそう言われていたのは俺たちだけじゃないがな」

確かに彼の言う通り、潜入や危機察知能力に長《た》けたターニャは、いつもパーティが余計な揉め事に巻き込まれないよう神経を尖らせていた。

私たちを筆頭に一国の王子であるアレクなど民間の常識に疎《うと》い人間が多かったため、彼女には多大な迷惑をかけた自覚がある。なにせ最初はお金の単位も、物価も、買い物の仕方すら知らなかったのである。

それを思い出し、私は乾いた笑いを浮かべた。

「ははー。ほんと、ターニャには足を向けて寝られないよ」

「ん？　それはどういう意味だ？」

言い回しが妙だと感じたらしく、ライナスが聞き返してきた。

そういえば私の言葉はどんな風に彼らに伝わっているのだろう。自分では喋っているのも聞こえるのも日本語に思えるが、まさかこの異世界の共通語が日本語だとは思えない。

多分聖なる力の影響で言葉が通じているのだろうが、ことわざや慣用句なんかは共通の歴史がないと通じないだろう。

「ああ、私が住んでた国の慣用句ってやつかな。恩がある相手に足を向けて寝るのは失礼だから、離れててもそっちの方向には足を向けて寝ないって意味」

「なんだそれは。それじゃあ恩人があちこちにいる場合はどうするんだ？　立って寝るのか？」

「ふは！　さすがに立って寝るのは無理だよ。そんな厳密には守らなくてもいいと思うけど……。日本にいた頃はそんなにあちこちに恩人がいたわけじゃないから分からないや」

思わず噴き出してしまい、取り繕うようにそう言うとライナスはまだ納得がいかないような顔でこちらを見ていた。

多分こんな風に笑っていられるのは、ライナスのおかげだ。

一人だったらきっと、日本に帰れないという現実の前に押しつぶされていたことだろう。

けれど彼の存在によって、私は随分と救われていた。

「ターニャはグランシアに行くと言っていたから、運が良ければ会えるかな？」

「不可能ではないだろう。なんなら冒険者ギルドに捜索依頼を出せばいい」

「そうだね」

クレファンディウス王から報奨金はもらえなかったが、多少の蓄えならある。

旅の間は旅費を稼ぐため、冒険者ギルドに所属していた。そうすれば冒険者としての身分証を得ることができるし、魔王討伐のついでに魔族の討伐依頼をこなしてお金を稼ぐことができたからだ。

結果として、この二年で結構な蓄えができた。日本に帰るならばもう必要はないと思っていたが、こうなってくると何をするにも先立つものが必要になってくる。必要最低限以外は冒険者ギルドに預けてある。

クレファンディウス国内で大金を持ち歩くのは危険なので、お金を下ろすのはグランシア王国に入ってからになりそうだ。

それにしてもこの国の王様は、どうして私のことをそこまで嫌うのだろう。

日本に帰せないのなら、最初からそう言ってほしかった。

そんなニンジンをぶら下げなくても、魔族に怯える人々の苦境を見れば結局私は魔王討伐に力を貸しただろう。

王は私が権威や発言権を持つことを恐れたのだろうが、そんなもの元から欲しがってすらいないのだ。

別にお金が目的というわけでもない。追手などかけないで、せめて放っておいてほしいというのは贅沢な悩みなのだろうか。

「ねえ、ライナス」

「なんだ?」

「アレクに何があったか話しても、大丈夫だと思う?」

「というと?」

「だってさ、アレク怒らないかな?　クレファンディウスの王様に、詐欺師の疑いをかけられましたなんて言ったらさ」

グランシア王国の王子であるアレクシス・フォン・グランシアは、正義感が強く仲間想いだ。

それ自体はとてもいいことなのだけれど、ちょっと頭に血が上りやすく旅の間にも何度か困ったことになったのだった。

「ならグランシアに行くのをやめるか?」

ちょっと嬉しそうに、ライナスが言う。

なんでこの話の流れで嬉しそうにするのか、意味が分からない。

「いや、やめないけど。ちょっと心配になっただけ。できれば先にターニャに会って、どうするか相談したいなあ。私たちの中で一番の常識人だし」

保護を求めるなら間違いなくアレクに救いを求めるべきだが、そのアレクが何をしでかすか分からないとなるとターニャに相談してからの方がいいような気もする。

もしアレクが暴走して、グランシア王国とクレファンディウス王国が戦争なんてことになったら大変だ。

せっかく魔王を倒して平和になったのに、人間同士の殺し合いになってしまっては目も当てられない。

「どっちにしろ王都の前に冒険者ギルドだな。そろそろ次の転移いけるぞ」

「分かった。お願い」

どうやら再び転移が使えるまでに回復したらしい。

私は羞恥心を殺してライナスに抱え上げてもらい、そのままグランシア国内にまで一気に跳んだ。

こうしていないと転移できないというライナスの要請があってのことなのだが、横抱き——いわゆるお姫様抱っこをされるのはいつになっても慣れないと思うのだった。

第二章　再会する聖女

グランシア王国に入ってから五日。

普通の旅人ならばありえない速度で私たちは王都クリーディルに到着した。クレファンディウス王国からの追手も、もう警戒する必要はないだろう。国境線を越えて罪人を勝手に逮捕することは、国際法違反となるためだ。

クリーディルもまた、クレファンディウスの王都がそうだったように人々は魔王が討伐されたことを喜び、まるでお祭りのような騒ぎになっていた。

中でも目を引いたのは、あちらこちらで売られているアレクの肖像画だ。どうやら魔王を討伐した自国の王子は大変な人気であるらしく、人々はこぞってその肖像画を買い求めていた。

見知った人の絵がまるでアイドルのブロマイドみたいに売れていく様《さま》を、私は呆然《ぼうぜん》と見つめる羽目になった。

「おい、口が開いてるぞ」

ライナスに指摘され、慌てて口を閉じる。

「いやーなんか、すっかり遠い人になっちゃったねアレク。いや、王子様なんだから一緒に旅してたことの方がおかしいんだけどさ」

胸にもくもくと迷いが湧いてくる。本当に私なんかがアレクなんかに会いに行っていいのだろうかという、なんとも今更な迷いが。

「お前こそ魔王を倒した聖女なんだから、堂々としていろ」

ライナスは何でもないことのように言うが、元々小市民である私はすんなり頷くことができなかった。

(聖女といいましても、召喚した本人に裏切られた、なんちゃって聖女ですがね)

卑屈な言葉を呑《の》み込んで、改めて中央広場から王都を見渡す。

いくつもの塔を携える王城を背に、目抜き通りには様々な店が立ち並んでいた。中央広場から放射状に延びる道にはそれぞれに、職人通りや魔法通りなどの専門色の強い名前がついている。

「冒険者ギルドはあっちだったな」

私たちはこの街に、一度来たことがある。

クレファンディウスの騎士に裏切られた後、私は命からがらこの街にたどり着いた。

その途中で魔族のライナスに出会うというハプニングに見舞われつつ、やってきたこの街で冒険者をしていたターニャと、そしてアレクに出会ったのだ。この三人と出会えていなかったら、きっと私は旅の途中で死んでいただろうなと本気で思う。

しみじみと当時を思い返しながら、人波をかき分けるライナスの後ろを背後霊のようについていく。

かき分けると言っても、ライナスの迫力のせいか人々が勝手に道を空けてくれるので、こうしているのが一番先に進みやすいのだ。

それでも迷子になる危険性を考えて、彼の服の裾を摑んでおく。この世界の同世代の女性の平均身長を下回っている私が、この二年間で身につけた迷子防止策だ。

中央広場から程近い一等地と言ってもいいような場所に、その建物はあった。

石造りの古めかしい建物で、他の支部がそうであるように、この街の冒険者ギルドもまた逞しい男たちのたまり場になっていた。

入口を潜《くぐ》った途端、視線がいくつもこちらに向いたのが分かる。

一見細身に見えるイケメンのライナスに、子供にしか見られない私の二人組である。明らかに異分子はこちらの方で、毎度のこととはいえなんとも居心地が悪い。

だがライナスは特に気にした様子もなく、ずんずんと受付に向かって歩いていく。

受付にいたお姉さんは、飛び切りの笑みを浮かべて私たちを迎えた。

「いらっしゃいませ。冒険者へのご依頼でしたら、あちらのカウンターにどうぞ」

彼女が示したのは、依頼受注専用のカウンターだ。冒険者に依頼したい一般市民は、通常そちらでの受付になる。

私はそういえば冒険者であることを示すタグを外していたことを思い出し、ポケットから取り出してカウンターに置いた。

このタグは特殊な金属でできていて、ギルドにある装置を通すと過去の依頼達成履歴やギルド内でのランクを確認することができる。ついでに言うとお金を預けたり引き出す際の身分証明にもなるので、絶対になくしてはいけない大切なものだ。

受付の女性は一瞬驚きに目を見開いた後、すぐに笑顔を取り戻し私のタグを専用の装置の上に置いた。

するとカウンターの内側に設置された水晶玉に、日本語ではない文字が浮かぶ。これがこの世界の文字で、なぜか知らないが勉強したことのない私でも読むことができる。

水晶玉には『アズサ・タカナシ』の文字が浮かび上がり、達成依頼の最新の欄には『魔王討伐』と書かれていた。

文字の右側に点滅している赤いマークは、達成した依頼の報奨金が未だに支払われていない証拠だ。

「ああ、魔王討伐って依頼扱いだったんだ」

「そんな依頼、あったんだな」

私は魔王討伐を依頼として受けた覚えはないから、おそらくターニャあたりが依頼を受ける手続きをしておいてくれたのだろう。

依頼主は個人ではなく、冒険者ギルドを含むいくつかのギルドやいくつかの国の連名だった。報奨金は全員で割ってもちょっと他の依頼ではお目にかかれないような高額で、おかげでしばらく生活に困ることはなさそうだ。

このように様々な国や団体が魔王討伐が可能な猛者《もさ》を探していたが、旅の間他の冒険者とかち合ったことは一度もなかった。

職業冒険者にとって、魔王討伐はいくら金を積まれてもコストと報酬が釣り合わない、魅力のない依頼だったということなのだろう。

私とライナスがそんなやり取りを交わしていると、明らかに先ほどより顔色を悪くした受付嬢が立ち上がり、口をぱくぱくと戦慄《わなな》かせている。

「あ、あの……？」

心配して大丈夫か尋ねようとしたら、女性はものすごい勢いで九十五度のお辞儀をした。そんなに頭を下げたら後ろからパンツが見えてしまうのではないかと心配になったくらいだ。

「申し訳ありませんでした！」

勢いよく謝罪されるが、謝られる理由がよく分からない。

彼女の大声のおかげでギルドの中は静まり返り、何事かと先ほどよりも多くの視線が突き刺さったのが分かった。

つい数日前まで追われる身だったので、これはどうにも居心地が悪い。

「あ、あのー……」

「少々お待ちくださいませ‼」

受付嬢はすさまじい勢いで顔を上げると、私たちを残してカウンターの奥に走っていってしまった。

取り残された私たちには、当然何をやらかしたんだ的な視線が集中したままである。はっきり言って、気まずいことこの上ない。

「もしかして、クレファンディウスで追われてることがこっちにも伝わっちゃってたのかなあ？」

不安を誤魔化すようにこそこそと隣に話しかけるが、ライナスは自分たちに集まる視線などどこ吹く風だ。

この男はいつでもどこでも、まるで王侯貴族のように堂々としていて他人の視線を気にするということがない。

目立つ要素がてんこ盛りなので、慣れていると言ってしまえばそれまでなのだろうが。

「だとしても、冒険者ギルドは国から独立した独自組織のはずだ。問題ない」

ライナスは気にした風もなく断言する。

いつ何時《なんどき》でも、こうして泰然としていられる性格はちょっと羨ましい。

「お待たせいたしました！」

よほど急いだのか、戻ってきた受付嬢は肩で息をしていた。

「ギ……ギルド長がお会いになるそうです。どうぞこちらへ……」

ざわ……ざわ……と、どこぞの賭博《とばく》漫画並みにギルド内がざわめく。

一方私はといえば、奥に連れていかれたら最後、クレファンディウスに強制送還されるんじゃなかろうかと疑心暗鬼状態。

「い、急いでますので……」

そう言って断ろうとしたが、そうは問屋が卸《おろ》さなかった。

「ん？　この後何か用事でもあったか？」

空気を読まないライナスが、不思議そうに言う。

私は頭を抱えたくなった。魔族である彼に察しろというのは酷かもしれないが、せめて何も言わないでくれたらどんなによかったか！

「時間は取らせません！　どうかこちらへ！」

受付嬢はもうなりふり構っていられないのか、カウンターから飛び出してきて私たちを奥へ続く通路へ追いやる。

その顔には引きつった笑みが浮かんでいて、その尋常ではない迫力に負けた私たちはそのまま奥へと足を進めた。

少し軋《きし》む木製の階段を上り、一番奥まった部屋に通される。壁には剣や槍などの武器が飾られ、いかにも冒険者ギルドらしい雰囲気を醸《かも》し出していた。

部屋の中にいたのは、ロマンスグレーを撫《な》でつけた愛想のいい壮年男性だった。

「ようこそいらっしゃいました。どうぞお座りください」

彼は日に焼けた肌に刻まれた笑い皺を深めながら、丁寧に私たちを招き入れた。

だがその立ち居振る舞いには隙がなく、同年代の男性と比較してもその体は圧倒的に逞しい。おそらく現役を退《しりぞ》いた冒険者なのだろうと容易《たやす》く想像がついた。

何も気負うことなく席に着くライナスの横に、おそるおそる腰を下ろす。応接用のソファにはモンスターのものと思われる革が張られ、手触りは極上だ。

「私は冒険者ギルド、クリーディル支部の支部長を務めますブレインと申します。よろしくお見知りおきを」

彼が名乗った名前に、私は聞き覚えがあった。

「もしかして、『鉄壁のブレイン』さんですか？」

有名な冒険者の中には、時に二つ名を持つ者がいる。その冒険者の情報は二つ名と共に流布《るふ》され、はるか遠くの地にまで轟くのだ。

彼の二つ名を知っていたのも、その名がターニャの話の中に出てきたことがあるからだった。

私の言葉に、ブレインは目を丸くしていた。

「いやいや驚きました。まさか聖女様が私の名をご存じとは」

「やめてください。私はもう聖女なんかじゃ……」

咄嗟に否定の言葉が口をついて出た。

クレファンディウスでの出来事を思い出すと、聖女と呼ばれることにすらうんざりしてしまう。

そしてブレインはまるで私の考えを読んだように、深々と頷いた。

「そうお思いになるのも無理はない……。クレファンディウス王がしたことは、決して許されることではありません」

そうはっきりと断言したブレインに、私は驚いて彼の顔をじっと見つめた。

「ご存じなんですか？」

「ええ。少なくとも冒険者ギルドの上層部は、事態を重く見てクレファンディウスに抗議を申し入れるつもりです。なにせあなた方は、世界を救った英雄なのだから」

ブレインが興奮したように言う。

面と向かってそんなことを言われたのは初めてだったので、思わず顔が熱くなった。

私はどこまでいってもこの世界では異分子で、だからクレファンディウスでのこともどこかで仕方がないと諦めていた。

けれど私の頑張りをちゃんと分かってくれる人たちがいたのだ。そのことがどうしようもなく嬉しくて、返事をしようと思うのにしばらく言葉にならなかった。

そんな私の顔を、ライナスが不思議そうに覗き込んでくる。

「どうした。腹でも痛いのか？」

私の感傷など、ライナスが察してくれるはずがない。

「痛くない！」

がっかりしつつ反論すると、向かい側にいるブレインは一瞬驚いた後、表情を緩めた。

「あなた方がこちらに来てくださってよかった。お助けしようにも、連絡の取りようがありませんでしたから」

そしてブレインは、冒険者ギルドが今回のことに対する抗議を行うと同時に、クレファンディウスに対して私の名誉回復を求める申し入れを行っている最中だということを教えてくれた。

ライナスしか味方がいない心細い状況から一転して、冒険者ギルドが全面的にバックアップしてくれるという。

「あの、どうしてそこまで……？」

彼の話を聞き、一番に思ったのはそれだった。

いくら大陸全土に根を張る冒険者ギルドとはいえ、一国を敵に回すというのは大変なことである。聞けば、抗議の一環としてクレファンディウスにあるギルド支部のいくつかを撤退させる話まで出ているそうだ。

でもそんなことをしたら、その地で活動している冒険者にも彼らに依頼している市民たちにも、どちらも大変な迷惑がかかってしまう。

だがそんな私の問いに、ブレインは真剣な表情で言った。

「あなた方は、冒険者ギルドに登録されている正当な冒険者です。そして実績も申し分ない。なのにその功績が、一国の思惑によって歪《ゆが》められることなどあっていいはずがないのです！　これは冒険者全てに対する侮辱であり、これを許せば今後依頼の達成報告に対して依頼者が好き勝手に物言いをつけられるのだという悪《あ》しき前例ができてしまう。なので我々は、断じてかの国を許すわけにはいかないのです！」

想像してほしい。

引退したとはいえ、二つ名を持つほどの冒険者が拳を握り息を荒らげて怒りも露《あら》わに咆哮《ほうこう》するという凄まじい様《さま》を。

壁はビリビリと震え、錯覚だろうが建物が揺れたような気までする。

私は思わず隣にいたライナスに縋りついた。それぐらい、ブレインの主張は熱いものだった。

「おっと、これは失礼しました。つい熱くなってしまいまして」

男はにこっと笑うと、すぐさま先ほどまでのにこやかな支部長を装う。

だが私は、呆気《あっけ》にとられつつもライナスの服を摑んだ手を離す気にはなれなかった。

「い、いえ」

「そういう訳でして、我々はかの国にあなた方を渡す気はございません。行きたい場所、知りたい情報などあれば遠慮なくおっしゃってください。冒険者ギルドが総力を挙げてあなた方をバックアップさせていただきます」

「じゃ、じゃぁ、異世界へ帰る方法なんて分かりませんか⁉」

今度は私が前のめりになる番だった。

大陸全土に支部を持つ冒険者ギルドは、国に引けを取らない影響力と情報網を持つ。

藁《わら》をも掴むような気持ちで問いかけると、ブレインは不思議そうに首をかしげた。

「それは、どういうことですかな？」

そこで、私はクレファンディウスの王と交わしていた約束についてや、魔王を倒して戻ってからのかの国の対応について詳しい話をした。

私たちが追われていることは知っていてもそこまでは知らなかったようで、短くはない話が終わるとブレインは大きなため息をついた。

「なんともまあ、呆れ果てますな。偽りの契約で無理難題を押し付けた上に、達成報酬も踏み倒すとは。それどころか英雄である聖女様を罪人扱い。前々から悪い噂のある国でしたが、そこまでだったとは」

私たちも顔を見合わせてため息をついた。

やっぱり他の人から見ても、クレファンディウスの王のやりようは常識を逸しているらしい。

「今のお話は、ギルド上層部に報告させていただきます。このままあの国に好き勝手させるわけにはいきません。誰に喧嘩《けんか》を売ったのか思い知っていただきましょう」

ブレインが口元に不敵な笑みを浮かべる。

笑い皺こそ寄っているが、その目はちっとも笑っていない。

「それはそうと、さっきの情報についてなんですが……」

その妙な気迫に押されつつ、私は慌てて話題を元に戻した。あの王がどれほど人でなしかということよりも、日本に帰る方法があるかどうかということの方が私にとっては百倍大事だ。

「そんな方法あるのか？」

今までずっと黙りこくっていたライナスが、不機嫌そうに吐き捨てた。

まるでそんな方法あるはずがないとでも言わんばかりだ。

普段あまり感情を外に出さない彼がそんな態度を取ることは珍しいので、私は驚いてしまった。

「ああ、そうでしたね。これは失敬。ですが、それは少し難しいですね。まずあなたを召喚したという術式すら、外部には伝わっていません。おそらくはクレファンディウスのごく一部にのみ伝わる秘伝なのでしょう」

その答えに、私はがっくりと肩を落とした。

予想はしていたが、一瞬期待してしまっただけに失望も大きい。

「お役に立てず申し訳ない」

申し訳なさそうにブレインが肩をすくめる。

勝手に期待したのはこちらなのに、謝られるとなんだか申し訳ない気持ちになった。

「いえ、難しいことは分かっていましたから……」

とにかく、これで再び日本へ帰る方法探しは振り出しに戻った。

先ほどまで不機嫌だったライナスが妙に上機嫌になっているのが、やけに腹立たしい。さっきから一体何なのだ。

そんな性格ではないと思っていたが、ライナスも多くの魔族がそうであるように人が困ったり悲しんだりしていると喜ぶ性質でもあるのだろうか。

ぼんやりそんなことを考えていたら、突然部屋のドアが壊れそうな音を立てて勢いよく開かれた。

私は慌ててそちらに目をやる。

すわ敵襲かと身構えたが、扉の向こうには見覚えのある人物が立っていた。

「アズサが来てるって本当⁉」

その声は、私にとって馴染《なじ》み深いものだった。

「ターニャ！」

咄嗟に立ち上がり、その名を呼ぶ。

小麦色の肌を持つ健康的な美女ターニャ。

真っ赤な髪を一つに束ねて後ろに流し、猫を思わせるしなやかな肢体に動きやすいよう黒くぴっちりとした服を纏っている。

メリハリのある体は同性である私ですら思わず赤面してしまうような完璧な比率で、嫉妬なんて抱きようもない圧倒的な存在感だ。

吊《つ》り目気味な目はまるで宝石のような緑色。

全身から生命力が溢れ出ているようなその姿に、私は思わず圧倒されてしまう。

「アズサ！」

ターニャは私の存在を認識すると、それこそ猫のように飛び掛かってきた。逃げる隙もなく抱きしめられる。深い谷間に挟まれ、一瞬呼吸すらできなくなった。

ギブアップと伝えるべく、筋肉で引き締まった二の腕をべしべしと叩く。

「ううーっ」

「離せターニャ。アズサが苦しがっているだろう」

ライナスのとりなしもあって、私はなんとか窒息前に彼女の腕から脱することができた。彼女のことは大好きだけれど、たまにこうやって殺しにかかってくるのが玉に瑕《きず》だ。

「ライナスも久しぶりだねっ」

ターニャは笑ってこそいるが、その目は少しだけ潤んでいた。

「二人が追われてるって聞いて、アタシ心配で心配で……」

どうやら彼女の熱烈歓迎ぶりは、クレファンディウスでのことが伝わっていたかららしい。

「心配かけてごめんね」

感極まった様子のターニャに思わず謝ると、彼女はそっと目尻を拭い破願した。

「こういう時は『ありがとう』って言うの！」

私は彼女の明るさに心底感謝した。

日本へ帰れないと分かってから落ち込むことが多かったけれど、彼女にもう一度会えたことは正直に嬉しいと思える。

「うん。ありがとう！」

「そうそう。いいこいいこ」

そう言って、ターニャは私の頭をわしわしと撫でた。

私には姉妹がいないので、こうしているとまるでお姉さんができたような気持ちになる。

旅の間、何度彼女の明るさに救われたことだろう。

私はブレインに礼を言い冒険者ギルドを出ると、ターニャと一緒に街に出た。

ちなみに私とライナスは未払いになっていた自分の分の依頼達成報酬を受け取ったので、懐《ふところ》はとてもあったかい。

まあそれは比喩的な意味で、実際にはギルドの口座に預けてあるのだけれど。

日本と違ってこちらには紙幣がないので、お金は全て硬貨になる。貰った額とこれまでの預金を全部換金してしまうと、重すぎて持ち歩けなくなってしまうのだ。

なにせ魔王討伐の達成報酬の額が額だ。なんでも、冒険者ギルドの他に商人ギルドやいくつかの国が出資して、報奨金をどんどん釣り上げていった結果らしい。

日本に帰れなくなったからにはお金の心配もしなければならないので、これは大変ありがたかった。

宿に泊まるのも食事をするのも、何をするにもまずは先立つものが必要だ。

こちらに来て二年間で、私も随分逞しくなった。日本にいた頃は住む場所や食べる物の心配なんてする必要はなかったが、例の騎士に騙されてからは何が何でもこちらの生活に適応しなければならなかった。

ライナス共々、あの時拾ってくれたターニャには本当に感謝しなければならない。

「いやいや、それはこっちの台詞《せりふ》だから」

料理が美味《おい》しいと評判らしい宿に部屋を取り、三人で併設の酒場のテーブルについた。クレファンディウスであったことを詳しく話しているうちにいつの間にか思い出話になり、私たちは出会った頃のことを肴《さかな》にご飯を食べていた。

ちなみにターニャとライナスはお酒を飲んでいるが、私の前に置かれているのは果物のジュースだ。別にこちらではお酒を飲むのに何歳以上という決まりはないらしいのだが、なんとなく後ろめたいので今日《こんにち》にいたるまでお酒は口にしていない。

仲間たちにはアルコールに弱いからということにしてあるが、本当に強いか弱いかも分からないのだ。なにせ飲んだことがないので。

それはさておき、ごちゃごちゃとした宿の酒場での食事も、最初の頃は恐ろしかったが今ではすっかり慣れたものだった。

ターニャのおすすめ通り料理は本当に美味しくて、ついついフォークが進んでしまう。

ここ数日あまり食欲を感じることがなかったのは、それぐらい自分が落ち込んでいたからなんだなあと今になって気付く。

ターニャの顔を見た途端食欲が湧くなんて、なんとも現金だなとおかしくなった。

「どうしたの～？　にやにやしちゃって」

思っていたことが顔に出ていたらしく、ターニャに頬を突《つつ》かれた。

彼女はといえばすっかり出来上がっているらしく、小麦色の肌がうっすら紅潮している。

「いやー、改めて仲間に恵まれたなって思ってさ。最初にライナスと出会ってなかったらきっとめげてたし、ターニャがいてくれなかったら多分二人で路頭に迷ってたよ」

二人で旅をしていた時のことを今思い返すと、ぞっと背筋が冷たくなるほどである。

「あんたたちお金の使い方も知らなかったもんね～。最初はどっかのお貴族様かと思ったわ」

そう言って、ターニャは声を上げて笑った。

彼女にそう言われてしまうとこちらは苦笑するしかない。

なにせこちらの世界の常識が何も分からない私と、人間社会のことは何も知らないライナスだ。

ターニャと出会ったのはこのクリーディルからほど近い、街道の途中でのことだった。騎士に支度金などを奪われた私はお金もなく、召喚された時に身に着けていた時計などを売ってなんとか旅をしている状態だった。これぱかりは王に奪われなくて幸いと言ったところか。

何度もめげそうになったけれど、それでも魔王さえ倒せば元の世界へ帰れるのだとそれだけが当時の心の支えだった。

それがなかったら、私は彼女たちと出会う前にとっくに野垂れ死んでいたに違いない。

旅の途中でグランシア王国が魔王討伐のために冒険者に支援を行っているという噂を耳にした私とライナスは、その支援を受けるべくこのクリーディルへ向かっていた。

安全のため街道沿いを歩いて移動していると、両側を森に挟まれた道の途中で荷物をいっぱいに積んだ商人の荷車が立ち往生していた。ぬかるみに車輪がはまったらしい。

不運なことに、商人はそこを魔族に狙われた。

それを迎え撃っていたのが、護衛として同行していたターニャだ。私たちはそこに偶然居合わせ、彼女と共に戦った。

盗賊相手ではとても手伝うことなどできなかっただろうが、私には〝聖なる力〟があったので魔族相手ならどうにか対抗することができた。

そして無事それらを追い払った後、私とライナスは商人に請われてクリーディルまで一緒に行くことになった。

まだ冒険者登録すらしていなかったが、持ち物を売って糊口《ここう》を凌《しの》いでいる状態だったので商人から提示された報酬はとんでもなく魅力的だったのだ。

そしてその道程で、ターニャは私たちがまともな装備すら持っていないことや、冒険者ギルドの存在すら知らないことに驚き、呆れていた。

面倒見のいいターニャは私とライナスに自分が作った料理をご馳走してくれ、街に着いた後はわざわざ冒険者ギルドにまでついてきてくれた。

その後もターニャに世話を焼いてもらい、現在に至るというわけである。

まさか彼女も、そのまま魔王討伐までする ことになろうとは思ってもみなかっただろうが。

「二人が無事で、本当によかった。心配したんだから！　ほんとあの王、許すまじ」

お酒の勢いなのか、ターニャはジョッキを持ったまま立ち上がり声高に宣言する。

私は慌てて彼女を座らせた。たとえ他国とはいえ、一国の王を批難するのはいらない面倒を引き寄せそうである。

幸い店内はがやがやと騒がしく、彼女の宣言を聞きとがめた人物はいないようだ。

「怒ってくれるのは嬉しいけど、あんまり大っぴらにそんなこと言わない方がいいよ」

極端に面倒を避けてしまうのは、小市民的日本人の性《さが》なのか。

不満そうにしているターニャの意識を逸らすべく、私は話題を変えることにした。

「それでターニャは、これからどうするの？　もしかして冒険者を引退してついにお店をやるとか？」

私たちに支払われた成功報酬は、当然彼女もギルドで受け取っているはずだった。まとまった額なので冒険者を引退してお店を持ったりもできるだろう。

冒険者は危険な職業なので、長く続けたいという人間はあまりいない。魔族の脅威は弱まったとはいえ、盗賊の討伐など依頼には何かと危険がつきまとうものも多い。

確かターニャは、いつかお金を貯《た》めて引退したら飲食店をやりたいと言っていたはずだ。

実際、野営の際に彼女が作る料理はなかなかのもので、旅の最中《さなか》には幾度も助けられた。これがもしまずい保存食のみだったら、私は旅の途中でめげていたかもしれない。

だが私の予想に反して、ターニャは頬杖をついて思案顔になった。

「うーん、まだ悩んでる。冒険者の仕事も嫌いじゃないしさ。ただちょっと問題があってね」

その〝問題〟を思い出したのか、ターニャが顔を顰《しか》めた。

「どうしたの？　問題ってどんな？」

「いや、問題っていうかさー。今田舎から母親が出てきてるんだけど、いつまでふらふらしてるつもりだって怒っちゃって。さっさと田舎に帰って結婚しろなんて言うんだよ？　白金ランクの冒険者に何言ってんだか」

白金ランクというのは、冒険者ギルド内で定められている冒険者の順位付けの最高位を示す位である。

上から順に白金、金、銀、鉄、青銅、銅という階級があり、確か魔王討伐前のターニャは二段下の銀ランクだったはずだ。おそらく魔王討伐が評価されてランクが変わったのだろう。

かくいう私たちも、先ほど報奨金の受け取りと同時にランク変動の通達を受けていた。私もライナスも、揃《そろ》って白金ランクだ。

とはいっても、ライナスは人間のする順位付けなんて興味ないだろうし、私も魔族相手の依頼以外はほぼ無力といっていいので、実力を示すというよりはほぼ名誉職みたいなものだろう。

その証拠に、白金ランクが認定されたのは二十数年ぶりの快挙だという。実際に活動している冒険者の中では、金ランクが最上位だったのだ。

それにしても、ターニャの悩みは日本にいた頃バイト先の先輩がぼやいていた悩みとほぼ同じだった。やはり世界は違っても、母親というものはそういうものなのだろうかと思うとちょっとおかしかった。

「じゃあ、どうするの？　実家に帰るの？」

「まさか！」

私の問いに、ターニャはダンッと音を立てジョッキをテーブルに叩きつけた。

ジョッキは鉄製なので壊れたりはしないだろうが、あんまり乱暴にしない方がいいんじゃないかと思ったりした。

「そーゆー田舎臭い考え方が嫌だから王都に出てきて冒険者になったのに、なんで戻んなきゃなんないのよ！　絶対クリーディルに残る。何をするかは決まってないけど！」

ターニャの熱い宣言に、私は苦笑するしかなかった。

彼女も冒険者なら、今日まで命がけで依頼をこなしてきたはずである。そして実際に、お店が開けるだけのお金を手に入れたのだ。

いくら冒険者が割のいい仕事とはいえ、その内容には常に危険がつきまとう。ターニャと同じように夢を抱いて田舎から出てくる者は多いが、実際には怪我を負って引退したりあるいは死んでしまうことがほとんどなのだそうだ。

そんな中で、彼女は生き残り目標を果たした。それはとても立派なことだと思うし、できれば彼女のお母さんにも分かってほしいと思ってしまう。

でも、私は複雑な気持ちになった。

私はもう、そうやってお母さんに口うるさくしてもらうこともできないのだ。

私の勝手かもしれないが、ターニャにはこのことが原因で母親と決別してほしくないなと思った。

とはいえ、彼女の母親が納得してくれる方法なんてあるのだろうか。

眠たいのか船をこぎ始めたターニャを見ながら、私は彼女たちが仲直りする方法を考えた。

「何を考えている?」

ずっと黙っていたライナスが、不意に口を開く。

「何って?」

「何かを考えている顔だ。そういう時のお前は碌なことをしない」

その言葉に驚かされる。ライナスは人間の感情なんてどうでもいいはずなのに、まさか私の考えを気にするなんて思わなかった。

「まだ自分でも、はっきりは分からないんだ。はっきりしたら言うよ」

「分かった」

ライナスは大人しく引き下がると、再びどうでもよさそうな顔でジョッキを傾けた。

魔族である彼は人間の食べ物を飲んだり食べたりする必要はなく、今日の料理も付き合い程度に食べているだけだが、お酒は嫌いではないらしい。

ターニャがつぶれてしまったので、私たちは部屋に戻って休むことにした。ライナスに頼んでターニャを部屋に運んでもらい、私とターニャが同じ部屋。ライナスはその隣だ。

ライナスに横抱きで運ばれたターニャは、なんだか機嫌よさそうにふにゃふにゃと笑っていた。

旅の間に、何度も繰り返された光景だ。

騒いでいなければ美女にしか見えないターニャと、眉目秀麗なライナスはこうしているとお似合いに見える。

途端に私は彼らが羨ましくなり、青春を取り戻すために恋をするのだという誓いを新たにした。

＊　＊　＊

翌朝、これまたいつものようにターニャは二日酔いに悩まされていた。

私はそんな彼女を横目に宿の井戸で顔を洗い、ついでに汚れていた服を洗う。

ちなみにこの宿にお風呂はない。お湯を借りて体を拭うことがせいぜいだ。

お風呂が併設されている宿なんて貴族向けの高級なところぐらいである。今なら泊まれないこともないが、これからどうなるかも分からないのに無駄遣いはできない。

食堂でライナスと一緒に朝食をとっていると、しばらくしてようやく頭を抱えたターニャが下りてきた。

翌朝苦しむと分かっていてどうしてお酒を飲むんだろう。

不思議に思うが、私も二十歳を過ぎたらその理由が分かるのかもしれない。

「昨日はごめんね～。愚痴《ぐち》っちゃって」

そう言いつつ、ターニャは水と野菜スープを頼んだ。

私はサラダとトースト。ライナスは何も頼まずにただ椅子に座っている。

「大丈夫。それよりお母さんとのこと、どうするの?」

「ああ、それねー。うーんどうしよう。会いたくないな。早く田舎に帰ってくれればいいのに」

彼女の母親は別の宿に部屋を取っているという。ターニャは魔王討伐から戻ったばかりなので、まだこの街で住む部屋を借りていないのだ。

「だめだよ、そんなこと言っちゃ。せっかく来てくれたんだから」

「だってさー……、あ。ごめんアズサ」

おせっかいと思いつつ口を出すと、不満そうにしていたターニャが突然申し訳なさそうな顔になった。

私がもう家族に会えないかもしれない身の上であることを思い出したらしい。

「謝るようなことじゃないよ。ただ、喧嘩別れみたいなことはしてほしくなくて、それだけ」

別に謝ってほしかったわけではないので、私は軽く流しつつ自分の希望を言ってみる。私が家族に会えないのと、ターニャが母親を鬱陶《うっとう》しがっているのは全く別問題だ。

だが、そうはいってもやはり気になるのか、ターニャは食事の間中ずっと申し訳なさそうな顔をしていた。

そんな顔をされると、こちらの方が悪いことをしたような気持ちになる。

「ねえ、本当に気にしないでってば。それより、ターニャのお母さんのことをどうするか、一緒に考えよう？」

「考えるって言ってもー……。あ、じゃあ二人とも今から母親に会うから一緒に来てよ！　二人だけだと絶対に喧嘩になって、魔王討伐の報告どころか話し合いにすらならないからさ。冒険者がどんなものだとか、白金クラスがどんなものだとか、会ってうちの母親に説明してくれないかな？」

身をかがめて上目遣いで頼まれれば、嫌とは言えない。

そもそも差し迫った用事はなかったので、私は深く考えもせず頷いた。

「ほんと？　ありがとう！　ほんと優しいんだからあんたって子は！」

そう言って、またもターニャが抱きついてきた。朝一で豊かな胸に押しつぶされそうになった私を、偶然目が合った店の店主が羨ましそうに眺めていた。

＊＊＊

食事を終えて宿を出ると、私たちはターニャの母親に会うため彼女が宿泊する宿に向かった。

ちなみにライナスはどうするかと尋ねたところ、私が行くなら行くという一言で片が付いた。

だが、彼が喧嘩を仲裁する場面なんてちっとも思い浮かばない。ライナス自身も仲裁するつもりなんてないのか、先ほどターニャの話を聞いてもどうでもよさそうな態度を崩さなかった。いざとなれば、私が彼の分まで頑張らなければ。

いかにも正体不明の美男子であるライナスがターニャの母親に警戒されなければいいと思いつつ歩いていると、昼前には目的の宿についた。

そもそもこの街の宿は宿場通りという通りに集まっているので、宿から宿までの距離というのはさほどないのだ。

ターニャの母親が宿泊しているのは、私たちが泊まっている宿より少し高級志向のようだった。宿泊費はターニャが出しているということで、多分母親のために奮発したのだろう。

そう考えると、愚痴ばかり言っているターニャも本心では母親を嫌っていないと分かってほっとした。

そして私たちを出迎えたのは、ターニャと親子だとは信じられないほど若々しい美熟女だった。先に母だと言われてなければ、きっと姉だと勘違いしたに違いない。それぐらい、母親とターニャはよく似ていた。

場所は宿からほど近い場所にあるカフェのテラスにした。衆人環視の中でなら、さすがに怒鳴り合いになるようなことはないだろう。

「紹介するね。一緒に旅をしていたアズサとライナス。こう見えて凄腕《すごうで》の冒険者なんだから！」

「初めまして。ターニャさんとパーティを組ませていただいていたアズサと申します」

できるだけ印象がよくなるよう丁寧に挨拶をする。一緒にいたライナスはどうでもよさそうに黙りこくっていた。

なので肘で突《つつ》くと、一言「ライナスだ」と呟いた。

そんなに興味がないのに、どうしてついてきたのか。ライナスの考えることは謎だ。

そしてそんな私たちを、ターニャの母親はうさんくさそうな目で見つめていた。

「よろしく。私はこの子の母親でタチアナよ。それにしても……ふーん、あなたたちがねぇ」

腕組みして私たちを値踏みするタチアナに、思わず冷や汗が出る。

ライナスはともかく、私の見た目は冒険者と言うにはあまりにも頼りなさすぎるせいかもしれない。

「あのねえターニャ。嘘つくならもっとましな嘘をつきなさい。宿の人に聞いたら冒険者っていうのは暑苦しくて不潔なややからだって言うじゃないの。どう頼んだのか知らないけど、自分の嘘のために他人を巻き込むなんて感心しないわ」

どうやらタチアナは、ターニャがやっている冒険者とはどんなものかと疑問に思い、第三者に意見を求めたようだ。

そして運の悪いことに、尋ねたその相手は冒険者に対して偏見があった。

まあ高級志向の宿に長期滞在が基本の冒険者が泊まることはほとんどないし、その聞かれた宿の従業員もたまに見かける冒険者のイメージで答えたのだろう。ターニャは気遣いで高めの宿を用意したようだが、それが裏目に出た形だ。

そこに来てターニャが連れてきたのが明らかにイメージにそぐわない二人組だったので、タチアナはこれが娘の嘘だと判断したらしかった。

驚いて言葉を失っていると、タチアナはなおもこちらをじろじろと見つめた。

しかしその視線は主にライナスに向いていて、私の方にはあまり興味がないようである。

「ねえ、あなたターニャの恋人？　こんなことに協力するぐらいなんだから、そう悪い仲でもないんでしょ？」

タチアナが近所のお節介おばさんよろしくそう言ったので、私はあまりのことに唖然としてしまった。

「本当の仕事は何をしているの？　ターニャもいい年だし、そろそろ結婚を考えてもいい頃だと思うんだけどねえ」

思わせぶりに言う母親に耐えかねたのか、ターニャが怒りに震えている。

一方で肝心のライナスはどこ吹く風で、退屈そうに道行く人を眺めていた。

ターニャを除き、なんとも見事なまでに協調性がない人たちだ。

私が割って入るべきか悩んでいると、興味なさげに見えたライナスが突然口を開いた。

「結婚とはなんだ？」

どうやら魔族には結婚という概念がないらしい。妙なことを聞くライナスにタチアナも少し驚いたようだが、聞かれたからにはと張り切った様子で質問に答えていた。

「そりゃあ、生涯の伴侶を見つけて子供を作って、安定した生活を送ることとさ。本当ならもっと若いうちに結婚しなきゃならないのに、この子ったら冒険者なんてものにうつつを抜かして……」

なんだかドラマの母親役が言いそうな台詞だった。母親が近くにいるのは羨ましいけど、こんな母親だと大変だろうなと私はターニャを不憫に思った。

すると話を聞いていたライナスが、不思議に思ったのか小さく首をかしげている。

「安定した生活とはどんなものだ？　魔族に襲われないという意味か？」

どうやら人間の生活について詳しくないライナスは、本気でタチアナの言葉の意味が分からないようだった。

「旅の間に、魔族や盗賊に潰された村をいくつも見たぞ？　その結婚とやらをすれば、そいつらは襲ってこなくなるのか？　じゃあ潰された村に結婚とやらをしていたやつはいなかったんだな」

ライナスの明後日《あさって》な解釈に、タチアナは唖然とした顔をしていた。

彼が魔族と言うことを知らなければ、こんな顔になってしまうのも無理はない。

「そ、それとこれとは話が……」

「違わないでしょ。今でこそ魔王を倒してちょっとは平和になったけど、地元の村だっていつ襲われるか分からないじゃない。それも全部結婚すれば解決するわけ？　大体お母さんが馬鹿にする冒険者は、そうならないように体を鍛えて村や商隊を守ってるんだよ？」

母親がたじろいだのを見て取ったのか、ターニャが猛然と抗議する。

確かに冒険者は危険な職業だが、彼らのおかげで街の人々が安全に暮らせているというのも、また事実だった。

これは珍しくライナスの空気の読まなさが役に立ったかと思っていたら、娘の攻勢が気に入らなかったのかタチアナが猛然と言い返してくる。

「何いいように言ってんだい！　冒険者なんて困った人から更に金を巻き上げるケダモノじゃないサ！　そんな御託《ごたく》なんてどうでもいいから、さっさと結婚して田舎に帰ってきな！　偶然白金とやらになれたからって母さんに偉そうに意見するんじゃないよッ」

先ほどまで美魔女にしか見えなかったタチアナが、まるでクレファンディウスで出会ったイノシシのように鼻息を荒くしている。

「ちょっとお母さん！　いい加減にしてよ。二人に失礼でしょ⁉　この二人だって白金クラスの冒険者なんだよ？　それを、そんな風に……」

ターニャが必死に弁解すればするほど、タチアナの怒りの色が濃くなっていく。もう話し合いどころではなさそうな空気だ。

さすがに黙っていられなくなった私は、思い切って口を開いた。

「あの！　タチアナさんがターニャを心配する気持ちはよく分かりますが、ターニャは本当に立派な冒険者ですし、娘さんの功績を疑うようなことはやめてください」

私は悔しかった。

私たちと出会った時、ターニャは立派に冒険者として独り立ちしていた。

むしろお世話になったのは私たちの方なのに。

それをタチアナは、偶然だと断じた。彼女の努力も何もかも、偶然の産物だと切り捨ててしまったのだ。

「私たちは、先輩冒険者であるターニャさんに本当にお世話になったんです！　白金クラスになるきっかけになった仕事も、彼女なしではとても達成することはできませんでした。彼女のおかげで命が助かった人も大勢います。だからそんな風にあなたの意見を押し付けるのはやめてください！」

一度反論を始めてしまうと、次から次へと口から言葉が溢れ出てきた。

どうやら私は、自分で思っていた以上にタチアナに腹を立てていたらしい。

「ガキが調子に乗るんじゃないよ！　大体、娘に危険な仕事を続けてほしいなんて思う親がどこにいるんだい⁉　平凡だろうが何だろうが、人間結婚して地道に生きるのが一番なんだよ！」

タチアナの鋭い指摘に、私は口ごもった。

確かに冒険者は危険な仕事だ。母親なら、娘にそんな仕事は辞めてほしいと思って当然だろう。ターニャは盗賊や魔族にも引けを取らない立派な冒険者だが、タチアナにはそんなこと関係ないのである。

一体どう反論すべきか悩んでいると、さっきまでどうでもよさそうにしていたライナスが突然怒りを露わにした。

「やめろ人間。不愉快だ」

そのあまりの迫力に、タチアナが口を開けたまま言葉を失っている。

私ははっと我に返り、慌ててライナスをなだめようとした。

怒っている時の彼は、時に私ですら手が付けられなくなってしまうのだ。前に一度戦いの最中《さなか》に怒りを露わにしたことがあるのだが、その時は半径十メートルにあったものが根こそぎ吹き飛んでしまった。勿論、相対していた敵も跡形もなく姿を消していた。

そんな力を、こんな街中で突然発揮されては困るのだ。

「先ほどから聞いていれば、いかにも馬鹿馬鹿しい」

心底煩《わずら》わしく思っていそうなその言葉に、場の空気が凍る。

私は心底、ライナスをこの場に連れてきたことを後悔した。

「なんだって？」

タチアナは、まるで出産したばかりの猫のように殺気立っている。

「だから、馬鹿馬鹿しいと言ったんだ。聞こえなかったのか？」

「さっきから、一体どういう了見だい？　突然相手を罵倒するなんて、やっぱり冒険者ってやつは礼儀知らずのならず者なんじゃないか！」

「おや、俺が冒険者だと信じる気になったのか？」

ライナスに反省した様子は欠片もなく、むしろ喜々としてタチアナの矛盾を突いている。

先ほどライナスがターニャの恋人じゃないかと推測していたタチアナは、その思い違いを悔やむように唇を噛んでいた。

「わかったよ。信じればいいんだろう？　だがあんたたちが汚らしくて礼儀知らずな冒険者であることと、娘の仕事を認めるかどうかは別問題サっ」

一息で言い終えると、タチアナは肩で息をしていた。

こうなってしまっては、一体どうやって平和的解決に持っていけばいいのか。私は頭を抱えたくなった。

「お、お母さん落ち着いて……」

「これが落ち着いていられるかってんだい！　そもそも冒険者なんて人の道に外れた仕事、お前もさっさとやめなさい！　そんな夢みたいなこと言ってないで、きちんと現実を見たらどうなの！」

タチアナはよっぽど腹が立っているらしく、もはや恥も外聞もなく怒鳴りつけた。

問題は、この街が王都でなおかつ大きな冒険者ギルドの支部がある街だということである。

なので昼間のオープンカフェの周囲には、少なからず冒険者と思われるおじさんたちがいた。

おじさんたちは一気に殺気立つと、ぞろぞろと私たちの席の周りに集まってくる。

「おいおい、どこの田舎もんだ？」

「天下の往来でわざわざ冒険者に喧嘩売るなんてよう」

「それもご丁寧に冒険者が集《つど》うこのクリーディルでよぉ！」

諍いを避けてオープンカフェを選んだのは、どうやら失敗だったようだ。

近くの席に座っていた客たちが、巻き込まれまいとして店の中に戻っていく。

事態に気づいたタチアナは顔色を失っていて、私はそれがかわいそうになった。

最近ではすっかり慣れたが、私も最初の頃は冒険者のおじさんたちが怖くて仕方なかったのだ。

でも彼らも別に無法者というわけではなくて、むしろ無法者と戦う立場の人たちなので理由もなくひどいことをしたりはしない。

だが冒険者という職業に馴染みがないらしいタチアナは、ひどく動揺し体を震わせていた。

「なんだ、よく見れば綺麗なねーちゃんじゃねーか。あ？　その不潔な冒険者の相手でもしてくれませんかね？」

一人がおどけたように言うと、その場ががさつな笑い声で溢れた。

少し怖がらせるつもりなのかもしれないが、顔色を失っているタチアナを見ると、同情心が湧いた。

「ちょっとやめて、あんたたち」

ターニャがそう言ってため息交じりに立ち上がると、集まった冒険者たちがどよめいた。

彼女は元々この街では名の知れた冒険者だったので、この反応も納得だ。

「悪いけど、この人あたしの母親なの。さっきの暴言は謝るから、私の顔に免じて引いてもらえないかな？」

母親に一方的に言われていた時とは一転して、ターニャは堂々とした態度だ。それはそうだろう。

彼女は長く、この街で冒険者としての実績を積んできた。

この地で生き残ってきたという実績こそが、目に見える彼女の勲章である。

「ああ、あんたターニャさんじゃないか」

「白金クラスの……ッ」

「まじかよ!?　この嬢ちゃんが魔王を倒したパーティの一員だっていうのか？」

冒険者が騒ぎ出すのと同時に、私は身を縮めて何があっても顔がばれないようにしようと必死だった。

だって恥ずかしいじゃないか！

顔がばれて、今後あちこちで『あの人が魔王を倒した……』なんて言われるのは避けたい。冒険者ギルドに登録しているんだから何を今更という感じだが、それでも今は偶然同席した赤の他人Aとしてこの場をやり過ごしたかった。ターニャには申し訳ないが。

今更だが、本当に向いていないのだ。英雄とか、聖女だとか。

私以外の仲間たちはそりゃあ立派な人たちだが、私はといえばただ単に聖なる力とやらを付与された通行人Aなのである。

主人公願望もなければ自己顕示欲だって控えめだ。

いや、日本にいた頃は少しぐらいあったかもしれないが、実際聖女になってみて自分にはちっとも似合わない肩書きだという事実を思い知ったのだ。

というわけで小さくなっている私の目の前で、着々と話は進んでいく。

「こりゃ失礼なことをしたね」

「いいえ。こちらも悪かったから気にしないで」

「いやぁそれにしても、英雄の母親がこれとはあんたも難儀するな」

母親をこれ呼ばわりされ、ターニャは曖昧に笑って口を閉じた。

集まった冒険者たちは、英雄の母親なら仕方ないとばかりにテーブルから離れていく。

タチアナは強張った顔をして、まるで知らない人を見るような目でターニャを見ていた。その目にはもう、先ほどまで浮かんでいた彼女を侮《あなど》るような色はない。

彼女がただ驚き、そして竦《すく》んでいるのが分かる。

完全に冒険者たちの姿が見えなくなると、ターニャは何ともきまりが悪そうに席に着いた。

すっかりフリーズしてしまった母親を前に、これからどうしようかと懊悩《おうのう》しているのだろう。彼女の気持ちが、痛いほどよく分かった。

確かに気まずい。

直前のライナスの暴言があっただけに尚更《なおさら》。

テーブルの上には気まずい沈黙だけが残される。

「あ、あの！」

膝の上でぎゅっと手を握りしめ、私は思い切って発言した。

このままでは、せっかくついてきたくせに何も役に立てないまま終わってしまう。むしろライナスを連れてきたことで、足を引っ張ったままだ。

「タ、タチアナさんには、ターニャさんがどんなに立派な仕事をしているか、分かってもらえたと思います！　冒険者は乱暴に見えますけど、薬師《くすし》のために薬草を探したり商人さんたちが安心して街道を行き来できるよう護衛する立派な仕事です。ちゃんとしたお仕事ですし、ターニャさんはその中でも実績が認められてて……」

どうにかターニャの功績を伝えようと必死になっていると、タチアナはもういいとばかりに手を振った。

「いいわ。もう分かったから」

そう言うと、彼女は昨日のターニャと全く同じように肘をついて大きなため息をついた。

「魔王が倒されたって話は聞いてたけど、それをやったのがまさかあんたたちだったなんて……」

心なしか、タチアナの顔が青ざめている。

おそらく、彼女はターニャの力がそれほどまでとは思っていなかったのだろう。

「英雄とか初めて聞いたわよ。あんた、また危ないことしてっ」

その声は、先ほどまでと違いかすかに震えていた。

その時初めて、彼女が本気でターニャを心配しているのだということが伝わってきた。

「いや、だって言ったら反対するでしょ？」

「そりゃあするわよ。母親だもの」

タチアナは何かを考えこむように黙り込み、そしてしばらく後にもう一度大きなため息をついた。

「あんたが……冒険者としてそれなりにやってけてるってことは分かったわ。いつの間にか、あんたも大人になってたのね……」

「母さん……」

「分かったわよ。あんたの人生だもの。もう余計な口出しはやめるわよ」

タチアナの宣言に、ターニャは目を輝かせた。

「ホント!?　言ったからね？　今更取り消しとかなしだからね!?」

よほど嬉しいのか、彼女は立ち上がり母親に詰め寄っている。

するとタチアナは、まるで小さな子供を見るように苦笑した。

「取り消さないわよ。私には理解できない生き方だけど、あんたはそれが幸せってことなんでしょ？」

タチアナの問いかけに、ターニャはぶんぶんと首を縦に振る。細い首が取れてしまわないか心配になるほどだ。

「そう！　そうなの！　分かってくれてありがとう‼」

そう言って、ターニャはタチアナに抱きついた。

なんだかんだ言っていたが、ターニャもタチアナと仲違《なかたが》いしている状態が苦痛だったのだろう。

悩みが解決したからか、その顔には眩《まぶ》しい笑みが浮かんでいた。

「よかった」

結局私は何の役にも立てなかったような気がするが、ターニャが無事母親と和解できてよかったと思った。

そして二人の姿を見て、少し前に出会ったマーサのことを思い出す。

彼女も今頃、兵役《へいえき》から戻った家族と会えているだろうか？

再会できていればいいなと、声には出さずひっそりと思った。

誰だって、家族との意図しない別れは辛《つら》いものだから。

＊＊＊

翌日、私とライナスは旅に必要な物資を買うべく市場《いちば》を訪れた。

日本へ帰る方法を探す旅をしつつ、青春を取り戻すため恋人を作る。

言うのは簡単だが、なんのあてもない旅だ。それがどれくらいの期間になるのか、どちらの方角へ向かえばいいのか、とんと見当がつかない。

「とりあえず、保存食と水を買っとけばいいかな。グランシア王国なら街道もしっかりしてるし、その都度買い足せばなんとかなると思うよ」

ターニャからの受け売りだが、グランシア王国は周辺諸国と比べて街道がきちんと整備されているため、人や物の行き来が活発なのだという。

確かにそう言われてみると、クレファンディウス王国より市場の品揃えは豊富だ。冒険者の数が多いのも、彼らを護衛に雇う商人が多いことに起因しているのかもしれない。

干し肉と堅焼きパン。それに水を買い込み、宿に戻る。

本当はビタミンを摂取するため野菜を摂《と》りたいところだが、野菜は日持ちしないので旅の間はどうしてもこれらの食材がメインになる。

せめて元の世界みたいにサプリメントがあればいいのにと思うが、それは贅沢《ぜいたく》というものだろう。

大陸の地理が大雑把に記された布の地図を広げ、うんうん唸《うな》る。

旅の最中に立ち寄った国では、異世界人に関する話は聞かなかった。それは私たちの滞在期間が短かったからなのか、それともそんな話自体存在しないのか、判断がつかないが。

「これからどうするつもりなんだ？」

荷物の整理を終えたのか、ライナスが話しかけてきた。

旅の荷物は彼が異空間とでもいう場所を聞いて収納してくれるので、持ち歩く必要がない。

ただライナスとはぐれてしまうと一気に命の危険に晒されてしまうので、最低限の食料や水は自分で持ち歩くようにしている。

「どうしようね？」

私は少し色あせた地図を睨みながら言った。

ちなみに、この世界に正確な世界地図のようなものはない。あるのかもしれないが、少なくとも私は見たことがなかった。

国の地理情報というのは国同士の戦争において非常に重要な意味を持つ。

どの国も自国の地図ぐらいは所有しているかもしれないが、厳重に管理されており、そう簡単に見ることはできないのだ。

なので世界地図なんて夢のまた夢。ドラゴンの逆鱗《げきりん》と同じぐらい貴重で入手不可能なものとして扱われている。

この地図は、魔王の城の宝物庫に保管されていたものだ。

由来は分からないが、いくつもの国から成る大陸の地理が丸ごと記されているとても珍しいものなので、頂戴《ちょうだい》してきた次第である。

「改めて、異世界に戻るなんて夢みたいな話だよね。手掛かりもゼロ。ほんとやんなってくる」

思えば、魔王を倒すという無茶な旅の最中《さなか》には、こんな風に途方に暮れることなんてなかった。

だってやるべきことがずっと目の前に見えていたから。

魔王を倒して日本に帰る。それだけが縋ることのできる目標で、私の全てだった。

だから今更日本に帰る方法を一から探せと言われても、どうしていいのか分からなくなってしまう。

ほんと返す返すも、クレファンディウス王のやりようは汚いしありえない。

「とりあえず、アレクかクィンに相談してみようかな。困ったことがあったら言えって言ってくれたし」

名前を挙げた二人は、旅に同行した仲間である。

アレクは前述したようにこの国の王子で、クィンは様々な魔術に通じる魔導士だ。

私とライナス、それにターニャとアレク、クィンことクェンティンが、魔王を倒した五人であり冒険者ギルド認定の白金クラスホルダーということになる。

「ただ、頼るにしてもアレクは王子様だからな〜。会うのも簡単じゃなさそうだよね」

とにかくクレファンディウスから逃げることだけ考えてこのグランシア王国まで来たものの、このあとはどうすればいいのかと途方に暮れてしまう。

旅の仲間を頼ろうにも、王都にそびえたつ城の威容を見てしまうと気後《きおく》れしてしまうのだ。

こんなことなら、別れる前に彼らに異世界へ渡る方法について聞いておけばよかった。

「なら行ったことのない国はどうだ？　そこになら異世界へ至る手掛かりがあるかもしれないぞ」

ライナスの発言に、驚いて彼を見る。

彼がこんな風に旅の行先について意見を述べるのは初めてのことだ。

「急にどうしたの？　今までは気が進まないみたいだったのに」

「いや、アレクシスに会うのにも時間がかかりそうだからな。それぐらいなら諦めてさっさと他の場所に移動した方がいいのではないかと思っただけだ。今日の一件で顔が知られた可能性もある」

ライナスが言っているのは、昼間のタチアナの件だろう。確かに白金クラスのターニャと一緒にいたことで、私たちも周りから白金クラスの冒険者だと認識されてしまった可能性がある。

白金クラスというのは恥じるようなことではなくむしろ名誉なことなのだが、目立つとどうしても強盗に狙われやすくなったりギルドから厄介な依頼を頼まれたりとマイナス面も少なくない。

それでも冒険者ギルドに登録しているのは、今回クレファンディウスから庇ってもらっていることを筆頭に様々なバックアップが受けられるからだ。他の国や街に入る際にも、ギルド発行のタグは優れた身分証明として利用できる。

もはやクレファンディウスの戸籍がなくなった私は、この上冒険者ギルドの登録タグまでなくしたらどこの国でも出入国できなくなってしまうのだ。

というわけで、ライナスの提案は筋が通っている。

前回は一直線に魔王のもとへ向かったので、地図の上には行ったことがない国も少なくない。そんな国ならば、新たな出会いもありそうだ。もしかしてまだ見ぬ国でなら、恋の相手だって見つけられるかもしれない。

「それなら東の方とかどうかな。気候が似てれば、お米とかもあるかもしれないし――」

日本に帰ったらこれでもかというほど和食を食べる計画を立てていたので、帰れなくなった今、お米だけでいいからどうしても和食に近いものが食べたい。

魔王を倒す旅の途中では見ることがなかったが、地図では大陸の周りにぽつぽつといくつかの群島が確認できた。日本と同じ気候条件の場所ならば、植生だって似ているかもしれないじゃないか。

ライナスの提案を受け入れようかとかなり前向きに考えていると、突然部屋のドアが激しくノックされた。

驚いた私は、ライナスと顔を見合わせる。

私たちがここに宿泊していることを知っているのは、今のところターニャぐらいだ。

またタチアナと何かあったのだろうかと不思議に思いながら、ドアを開けるため立ち上がった。

けれどすぐに、ライナスに手で制されてしまう。

軽く睨まれたのは、どうやら少しは警戒しろという意味らしい。

少しの緊張を覚えつつ対処をライナスに任せると、私は緊急時に備えて先ほど纏めた荷物に小走りで近づいた。荷物なしの無理ゲーなんてもうたくさんだ。

そしてライナスが扉を開けると、そこに立っていたのは重そうな鎧を着こんだ騎士たちだった。

「誰だ？」

ライナスが警戒も露わに低い声を出す。

幸い兜《かぶと》を外しているので、私にも来訪者たちの顔を見ることができた。

ただ、知っている人は一人もいない。年齢は様々だが皆一様に口を引き結び、ただ事ではない迫力だ。

揃いの鎧を着ているところから見て、冒険者ではないだろう。そんな突然の訪問に驚いていると、男たちの中から代表らしい年かさの男が進み出てきた。

「我々は、王宮からの使者である。両名には王宮までご同行願いたい！」

驚いたことに、彼らは城からの使者だった。

どうやら敵意はないようなので、ライナスの陰に隠れつつ扉に近づく。

そして近くまで来ると、彼らの鎧には確かにグランシア王国の象徴である蛇の尾を持つ獅子《しし》の紋章が刻印されていた。

彼らが王宮からの使者だというのは、ほぼ間違いないだろう。

だが、警戒を解くことはできなかった。なぜなら私たちは今、クレファンディウスから追われる身だからである。

冒険者ギルドの支部長はああ言ってくれたが、グランシアの国としてはクレファンディウスとの摩擦を避けるため私たちを差し出すことも十分に考えられた。

もし彼らの目的がそれであるならば、この人たちには従わずさっさとこの国を出るべきだろう。

対応を決めかねていると、ライナスが私にまで聞こえるような大きな舌打ちをした。

訪ねてきた使者たちは、一様に驚いた顔をする。

城に仕える騎士は皆貴族出身だと聞いたことがあるから、まさか平民にそんなことをされるとは思っていなかったのだろう。

といっても、ライナスは厳密には平民ではない――どころか人間ですらないのだけれど。

ともかく、事を荒立てたくない私は、ライナスの体を押しのけて自分が前に出た。

こういった交渉事は得意ではないが、少なくともライナスに任せておくよりはましのはずだ。

なにせ彼は、人間のほとんど全てを取るに足らないものと認識しているので。

「あの、理由をお聞きしてもいいでしょうか？」

下手《したて》に出て、疑問に思ったことを率直に尋ねてみる。

もし彼らが私を捕縛するつもりなら、ノックなどせず部屋になだれ込み、とっくに私たちを縛り上げていたはずだ。

まあライナスが大人しく縛られるかどうかは、この際置いておくとして。

私が顔を見せると、使者たちの顔にわずかな戸惑いが広がった。

「ええと、こちらには魔王を打ち滅ぼした聖女様が滞在していると伺ったのだが……聖女様はどちらへ行かれたのだろうか？」

彼らが困惑しているのは分かったが、その理由を理解するのに時間がかかった。

今はフードも被《かぶ》っていないというのに、目の前にいても聖女だと認識してもらえないなんて。

「聖女様をどうするおつもりですか？」

つい責めるような口調になってしまったのは許してほしい。そりゃあ、こちらの世界には髪の短い女性はまれということは分かっているけれども。

「あなた方は聖女様の従者か？」

「まあそのようなものです。それで、あなた方は誰の使いでここに来たんですか？　私たちがここに宿泊していることはターニャしか知らないはずなのですが、まさか彼女に何かしたわけじゃありませんよね？」

ターニャが彼らに引けを取るとは思えないが、母親を人質に取られたという可能性もある。

念のため警戒を解かずにいると、男の困惑はより一層深いものとなった。だが、彼は最後まで威厳ある態度を崩さず、こう宣言した。

「はあ……我々はターニャ殿から聖女様の来訪を知らされた我らが主《あるじ》――アレクシス・フォン・グ

ランシア殿下の命で聖女様のお迎えに参った」

知り合いの名前に私が安堵《あんど》するのとは対照的に、視界の端でライナスが盛大に顔を顰めているのが見えた。

＊　＊　＊

とりあえず素性を誤魔化すのは諦め、彼らに私がその聖女だと告げた。

彼らは口にこそ出さないものの、不安や疑いの色を隠そうともしない。

まあ突然こんなちびっこが聖女だと名乗ったところで、誰も納得しないのは経験上よく分かっている。むしろ周囲に従者だと誤認させることで、安全を担保していた面もあるわけだし。

旅の間はそれが有利に働くことが多かったが、こうして味方――というか仲間の部下にまで疑われてしまうのはちょっと切ない。

とにかく目立つのは避けたいからと、騎士の一団には案内役を残してお帰りいただくことにした。

残されたのは、頬にそばかすが残るまだ若い騎士だ。

不安そうにしている彼には申し訳ないが、今から聖女っぽい代役を連れてくるわけにもいかないので、私で我慢してもらわなくては。

ちなみにそれらの話し合いをしている間、ライナスは終始不機嫌で彼らを威圧していた。

騎士たちがこちらの願いを聞き入れ大人しく帰ったのも、その威圧があったからのような気がしてならない。

安易に周囲の人を脅えさせないでほしいと思いつつ、正直助かったというのが本音だ。

あのばっちり武装した騎士たちに護衛されて城まで行くなんて、いくら馬車に乗るとはいえまるで罪人の護送である。そんな事態は絶対に避けたい。

宿を出た私たちは、青年に御者をしてもらい見事な細工が施《ほどこ》された馬車に乗った。これまた先ほどと同じように、王家の紋章が彫り込まれた立派な馬車だ。

行きすぎる街の人々が一体どんな貴人が乗っているのかと馬車の中を覗き込もうとしているのが見える。

これでは騎士たちに帰ってもらった意味がないじゃないかと、私は頭を抱えたくなった。

まあ徒歩の護衛がいないので、馬車をゆっくり走らせる必要がないのは唯一の救いだったが。

それにしても、こんな立派な馬車に乗せられるのなら服装ぐらい整えておくべきだった。

注目を避けるための旅装は、馬車に据え付けられたふかふかのベルベットの座席にはあまりにもそぐわない。

「相変わらず派手好きだな。やつは」

ライナスが吐き捨てるように言った。

彼が言っているのは私たちの招待主であるアレクのことだろう。仲間ではあるのだが、どうも一緒に旅をしていた頃からライナスとアレクは折り合いが悪かった。

服装も、銀髪金眼のライナスが好んで黒系統の服を身に着けるのに対し、金髪碧眼のアレクは白系統の服を好む。

偶然長期滞在することになった村で、それぞれ〝黒王子〟〝白王子〟などと呼ばれていたのを私は知っている――ちなみに、その村の子たちは、アレクが本当に王子であることを知らなかったが。

ともあれ、いつまでも悔やんでいたって仕方ない。アレクに会いたい気持ちはあったのだから、向こうから迎えに来てもらえてよかったと思わなければ。

そして、私は少し前に別れたばかりの王子様を思い浮かべた。

王子という身分でありながら魔王討伐の旅に身を投じたアレクシス。

見目がよく気遣いもできる優秀な男だ。事によっては例の恋の相手の候補に入れてもいいのではないか。

性格は公明正大で、見目もすこぶるいい。乙女ゲームなら間違いなく攻略対象の一番手になっていることだろう。どこから見ても疑いようのないヒーローだ。

だがそこまで考えて、私はすぐに首を横に振った。

王子である彼の横に並び立つなんて、小市民的な性質が捨てきれない私にはとんでもない苦行である。

何より、今の友人としての距離感を失いたくはない。

そんなことを考えていたら、御者台から城に着いたという報告を受けた。降ろされたのは正面入り口の前で、見渡す限り整備された庭園が見事だ。

本当に、自分がこんなところに来てよかったのだろうか。

それは御者をしてくれた騎士も同じような感想を抱いたらしく、馬車から降りるために借りた手は少し震えていた。

「俺がやる」

そう言って、ライナスは青年を押しのけ私に手を伸ばす。

その顔は相変わらずの無表情で、やっぱり何を考えているのか分からないけれど。

——その時。

「アズサ！　よく来たな！」

そう言って私たちを出迎えたのは、アレクことアレクシス・フォン・グランシアだった。

王子様直々に出迎えに来るなんて恐れ多いと思いつつ、久しぶりに見た仲間の顔にほっと安堵のため息が漏れる。

こちらの習慣であるハグを交わすと、アレクの力強い手で抱きしめられた。

「よかった。クレファンディウスでのことを聞いて心配していたんだ」

どうやらアレクは、かなり早い段階で私たちの窮地を耳にしていたらしい。ありがたいと思いつつも、なかなか離してくれないので居心地の悪さを覚えた。

「よう二人とも、昨日振り！」

そしてアレクと一緒にいたのは、昨日別れたばかりのターニャだった。

ちなみに再会の感動しきりなアレクの手をライナスが抓《つね》ったことで、私はようやくハグから解放されていた。

そういえば、アレク以外とハグをしたことはないので、もしかしたら上流階級の礼儀作法の一種なのかもしれない。

ライナスはハグというか、転移してもらう時に抱きかかえてもらうことならあるが。

「ターニャ！」

悩みが晴れたからか、闊達《かったつ》に笑うターニャに駆け寄る。

「いやー、昨日の騒ぎを聞きつけたアレクから、冒険者ギルドに問い合わせがあったみたい。アズサが来てるなら迎えに行くって聞かなくて」

どうやら昨日のオープンカフェでの出来事が引き金だったらしい。

私たちからアレクに会う方法がなかったのでありがたいが、できればもうちょっと地味な方法にしてほしかったと思わなくもない。

「それで？　俺たちを突然呼び出してどういうつもりだ？」

ライナスの不遜《ふそん》な物言いに、私は慌てた。

アレクがわざわざ心配してお城まで招待してくれたのに、これではあまりにも失礼だ。

「ライナス！　せっかくアレクが招待してくれたのにどうしてそんなこと言うの？」

つい声を荒らげると、ライナスは返事をせずつまらなそうに黙り込む。

悪気がないのは分かっているが、ＴＰＯを弁《わきま》えないのは彼の悪い癖だ。

今はまだ身内と使用人たちしか周りにいないので問題ないかもしれないが、これが貴族や国王がいる場での発言だったら一体どうなっていたことか。

この世界の常識が乏《とぼ》しい自覚のある私ですら、そう思う。

人間の何倍も生きているくせに、ライナスはどこか子供っぽくて不安になる。戦闘となればこれ以上頼りになる人はいないのだが。

そんな私たちのいつものやり取りを見て、アレクとターニャは慣れた様子で笑っていた。

「気にするなアズサ。今は私的な場だ。君たちの言動を誰かに咎めさせたりはしないよ」

さすがにアレクは私の心配を察したらしく、そう請け負ってくれた。

身分制度に慣れない私には、その言葉が心強い。

「それに、ターニャだって初めて城に来た時は緊張して右足と右手が一緒に出てたんだよ？　君たちは私の私的な招待客なのだからもっと寛いでくれていい」

「ちょっとアレクシス！」

言うなとばかりに、ターニャが赤面して声を上げた。

この反応から見て、アレクの言うことは本当なのだろう。

厳《いか》つい冒険者たちに一歩も引けを取らないターニャだというのに、そんなに緊張していたのかと思うとちょっとおかしくなる。

「ああ、だが君たちには一度うちの父親に会ってほしいと思ってるんだ。どうしても会いたいと聞かなくてね」

こうしてアレクは、にこやかな笑顔で爆弾を落とした。

「はあー!?　ちょっと聞いてないわよ！」

「アレクの父親って、もしかしなくても王様だよね……？」

ターニャが叫び、私も思わず確認してしまった。

そうなるんじゃないかと想像していた部分はあるが、まさか王自らこんな小娘に会うことはないだろうと無意識に高をくくっていたのだ。

何より、私は王様というものに対していい思い出がない。知っているのがクレファンディウスのおっさん王だけなので、また無理難題を押し付けられたらどうしようと思わずにはいられないのだ。

何かあってもアレクがどうにかしてくれるとは思うが、だからといって率先して会いたいとはちっとも思わなかった。

唯一ライナスだけが、取り乱すこともなくただつまらなそうに腕を組んでじっとしている。

深く考え込んでいるようにも見えるが、きっと何も考えてないに違いない。

「まあ一応王などやっているが、とにかく珍しいものに目がなくてな。異世界からやってきた聖女と聞いたら会わずにはいられないらしい」

　アレクは苦笑しているが、それでは私と会うことが王様の一番の目的ということじゃないか！

　まさか聖女と聞いてこんなみすぼらしい子供が来るとは誰も思わないだろう。それこそ、迎えに来た騎士たちがそうだったように。

　ちなみに、子供というのは私が成人前だからじゃなくて、私の背が低いから基本的に子供に見られるのだ。アレクと一緒にいる時なんて、ほぼ十割の確率で小姓の男の子に間違えられていた。

「それは……会ったらがっかりされるんじゃないかな？」

「がっかりなどするものか！　父はきっと喜んでくださるよ。私も自慢の仲間たちを紹介できるのが嬉しい」

「悪いが、俺たちは旅を急ぐのでな」

「ライナス！」

　急ぐ旅でもないのに、ライナスは断る気満々だ。

　まあ私も、別に王様に会いたいわけじゃないので心情的には彼に賛成なのだけれど。

「ねえアレク。お父上は異世界に帰る方法なんて知らないかな？　私は、これからその方法を探して旅をしようと思ってるんだ」

　青春を取り戻すうんぬんかんぬんは、とりあえず伏せておくことにした。言われたとしてもアレクだって困るだけだろう。

「何？　魔王さえ倒せば元の世界へ帰れるという約束だと……そうかクレファンディウスめ。アズサを騙した上で汚名まで着せようとは許せん……っ」

　私の言葉に、アレクは色々と察したようだった。

　残念ながら彼の想像の通りだ。

「ほんと許せないよね、クレファンディウス王のやつ！　でもさ～アズサはもうこっちの世界に住んじゃってもいいんじゃない？　無理して帰ることないよ！」

　ターニャに提案されたが、愛想笑いで返しておいた。

　確かにこちらも悪い世界ではないが、私はどうしても両親に会いたいのだ。

「そうだぞアズサ！　君が残るというのなら、我が国は喜んで迎えよう。何なら私の妃《きさき》として……いたっ！」

「おい、旅を終えて随分口数が増えたんじゃないか王子様？　次期国王ともあろうものが軽々しくそんなこと言っていいのかね」

　アレクの悲鳴が上がり何事かと思えば、ライナスがいつの間にかアレクの頬を抓っていた。相変わらず仲の悪い二人だ。いやむしろ仲がいいのだろうか。

　あまりにも大人げないやり取りに、なんだか気が抜けてしまう。

「ライナスやめて。それでアレク、どう？　分かりそうかな？」

　ライナスが手を離すと、アレクは悔しそうにしながら恨みがましくライナスを睨んでいた。

二人とも単体ではただの美男子なのに、どうして二人揃うと小学生男子みたいなノリになるのだろう。つくづく不思議である。

「あ、ああ。私は分からないが、父上ならもしかしたら……。直接会って尋ねるのが一番いいだろう。知っていたとしても私にすら教えていないということは、機密事項ということだから」

つまり、目的の内容を知りたければやはり国王にお目通りしなければいけないということだ。

結局そのままアレクに流され、私は国王に会うことを了承させられた。

ターニャもぜひ一緒にということで、それから謁見が叶《かな》うまでの間、私たちはお城に滞在させてもらえることになったのだった。

第三章　振り回される聖女

国王に謁見できたのは、城に滞在し始めて三日目のことだった。

「おお、そなたらが魔王を倒せし勇者か。面《おもて》を上げよ。直答を許す」

ターニャとライナスと三人で跪いていると、深みのある低い声をかけられた。促《うなが》されるままに顔を上げる。

そこにいたのは、アレクと同じ金色の髪に王冠をのせた壮年の王だった。

玉座に座すその姿は、国王の名に相応しい威厳が感じられる。陰険なクレファンディウスの王とは大違いだ。

そしてその隣には、アレクが誇らしげな笑みを浮かべて立っていた。

正装なのか、白い騎士服を身に纏ったアレクはとても凛々《りり》しい。

「陛下。紹介させてください。向かって右から冒険者のターニャ。戦士のライナス。そして異世界から召喚された聖女のアズサでございます」

アレクの張りのある声が響いて、一人一人私たちの名前を告げる。

事前の打ち合わせで、ライナスが魔族であることは伏せておくことになった。無用な混乱を防ぐためだ。

周囲からどよめきの声が上がった。

警備を担当している近衛兵《このえへい》たちが、目を剝《む》いて私を見ているのが分かる。

おそらく私のことは、ライナスの従者だと思っていたのだろう。慣れたこととはいえ、どこへ行っても同じ反応をされるのは少し切ない。

ちなみに国王たっての希望で、私たちは特におめかしすることもなく旅装のままだ。そのこともまた、私が勘違いされた原因の一つだろう。

ちなみに一応断っておくが、旅装と言っても謁見まで二日もあったので、洗濯して清潔な状態ではある。

「ほほう。『疾風のターニャ』か。その年で女だてらに二つ名を持つとは大したものだ。さすが白金クラスの英雄よ」

その言葉で、王が私たちについてしっかり調べさせていたことを知った。

「恐縮です」

ターニャは普段のキャラクターが嘘のように、取り澄ました顔で受け答えしていた。

本番に強い彼女の気質が、こういう時は心底羨ましい。内心はどうか知らないが、今の彼女は堂々としていて頼りになる冒険者そのものである。

「そして戦士ライナスよ。我が息子アレクにも勝《まさ》る剣の腕を持つと聞いておる。滞在中に、ぜひ我が騎士団に稽古をつけてくれまいか」

広間にまたどよめきが起こった。

アレクの剣の腕が一流なので、それに勝るという言葉が人々の驚きを誘ったのだろう。

実際には、ライナスは剣以外にも何でもこなすオールラウンダーだ。魔術も使うし、多分使えと言われれば槍だろうが弓だろうがうまくこなすだろう。

特に欠点らしい欠点がないのが、このライナスという魔族の特徴と言ってよかった。

だが一方で、人間ではないので協調性や常識といった、人間にとって必須の部分において大きな欠陥を抱えている。

ライナスがなかなか返事をしないので肘で小突《こづ》くと、彼は諦めたように小さく返事をした。

「承知した」

最後に王は私を見ると、優しい目をして口を開いた。

「そして異世界より召喚されし聖女よ。此度《こたび》の魔王討伐。まことに見事であった。この国を代表して、礼を言う。ご苦労であった」

万感の思いを込めた言葉は、王が嘘偽りなくそう思っていることが痛いほど伝わってきた。

自分の跡継ぎである息子が旅に同行することを許したほどだ。

グランシアの王がどれほど魔族に対して危機感を覚え、対応に苦慮していたかはその行動からして明らかだった。

うまく言葉にならない。

こんな風に、魔王討伐のことを真正面から感謝されたのなんて初めてだ。

クレファンディウス王から裏切られ、私がしたことは何だったのだろうと虚《むな》しくなることもあった。どうしてこんな思いをしなければならないのかと。

けれどそれが、ようやく報われた気がした。

私が苦労して成し遂げたことは、やはり無駄ではなかったのだ。日本へ帰ることは未だ叶わないけれど、少なくとも私はこの世界に住む人々を救うことができた。

顔が燃えるように熱く、少しでも気を抜けば涙が零れそうだった。

そんな私を、旅を共にした仲間たちが心配そうに見ている。

「ありがとう……ございます」

言葉につかえながらどうにかそれだけ言うと、私は顔を隠すために俯《うつむ》いた。きっと涙を堪《こら》えたせいで、ひどい顔をしているに違いないから。

「うむ。彼ら英雄の業績を讃え、四人には勲章を与えようと思う。これを記念して余が主催する夜会を開く。危機が去った喜びを皆で分かち合おうぞ！」

広間に歓声が上がった。

一方で、私は内心の動揺を隠せずにいた。

王様が苦労をねぎらってくれるのは心底嬉しいのだが、勲章をもらった上に夜会を開いてもらうなんて、目立って仕方ないじゃないか。

だがそんなことしなくていいですと言えるような雰囲気ではなくて、これからどうなるのだろうと私は不安な思いを抱えていた。

＊　＊　＊

グランシア王の主催する夜会に出席するため、少なくともその日まではこの国に滞在することになった。

諸々《もろもろ》の準備が必要なので、大急ぎでも今から十日ほどかかるそうだ。

それでも王が主催する夜会としては異例の短さらしく、城のあちこちでは担当者たちが悲鳴を上げているという。

夜会まで特にすることもないのでどうしたものかと考えていたら、謁見の翌日の朝には部屋にアレクが訪ねてきた。

「アズサ。夜会にはダンスは必須なのだが、君は踊れるだろうか？」

そう尋ねられ、顔色を失う。

私のダンス歴といったら小学生の時に踊った創作ダンスが最後だ。この世界のダンスなど踊れるはずもない。

「そ……それはどうしても踊らなきゃダメなのかな？」

悪あがきと思いつつも尋ね返すと、アレクがとても残念そうに眉をひそめた。

「主賓だから、少なくとも一曲は踊ってもらわないと。まあそんなことだろうと思って、教師を用意した。なので君には、夜会までみっちりダンスの練習に取り組んでもらう」

そう言ってアレクの後ろから進み出てきたのは、茶色い髪をきっちり撫でつけた口髭《くちひげ》の紳士だった。

「お初にお目にかかります。聖女様」

なんでも、彼は古参の侍従の一人で、ダンスには定評があるそうだ。

確かに背筋がまっすぐに伸びて姿勢がいいし、動きにキレがある。

そもそも王や王子に仕える侍従は基本的に貴族がなるものだから、この人自身も領地を持つ貴族かあるいはその親類に違いない。

「よ、よろしくお願いします……」

完全にその場の空気に呑まれつつ、私は彼に頭を下げたのだった。

正直ダンスを踊る自分なんてちっとも想像つかなかったけれど、出席すると了承したからには約束を違《たが》えるわけにはいかない。

そういうわけで、その日から超短期集中、地獄のダンス特訓が始まった。

当初は十日もグランシアに足止めされるのかと思っていたが、こうなってみると十日という日数はあまりにも短い。

いっそ欠席したいとそれとなく零したら、そんなことをしたらグランシア王国と聖女が不仲であると周囲に思われてしまうと言われ、頑張らないわけにはいかなくなった。

このグランシア王国は、クレファンディウス王国に見捨てられた私を温かく迎え入れてくれた国だ。

そんな国のもてなしを、いくらダンスが嫌だからといって無下にすることなんてできるわけない。

ちょうどターニャは母親が帰るまでは城下で暮らし、ライナスはライナスで王から直接頼まれた騎士団の稽古に駆り出されることになった。

自然、ダンスの稽古は私一人で打ち込むことになる。

アレクも旅で随分と城を空けていたからか、公務で忙しいそうだ。

なんだか思いもよらない展開になっているなと思いつつ、私はダンスのレッスンに勤《いそ》しんだ。

レッスンが始まって四日目。なんとかステップは覚えたものの、それを音楽と合わせるとなると途端にできなくなる。

あと上半身と下半身で別々の動きをしなければいけないので、踊ってる間に何度もパニックになった。足を踏んで教師に睨まれたのも、一度や二度ではない。

魔王退治の次は社交界でダンスなんて、試練の方向性の振り幅が大きすぎて自分でも目眩《めまい》がする。

こんなことで、本当に本番までにどうにか形にすることができるのだろうか。

不安を抱きながらも夕方までみっちりとレッスンをつけてもらい、終了後には私はくたくたになって動くこともできず、ぼんやりと窓の外を見ていた。

優雅に見えるダンスだが、意外に全身の筋肉を使う。普段使わない箇所が筋肉痛になり、その痛みもやっとましになってきたところだ。

なのでいつもはレッスンが終わるとすぐに部屋に戻って寝てしまうのだが、今日はそうできない理由が窓の外にあった。

レッスンで借りている小ホールの外はちょうど騎士団の演習場に面していて、窓から目を凝らすと、遠くに騎士たちが訓練しているのが見える。

揃いの鎧を身に着けた騎士たちの中で一人、黒い服と革鎧を身に着けて身軽に動き回っているのがライナスだ。

本来革鎧は、身軽だが金属のそれよりどうしても防御力が劣る。

しかしライナスのそれは魔獣からとれる素材を使っているらしく、しなやかでありながらとても頑丈だった。

彼が使う剣だってそうだ。

いくら敵を屠ってもその切れ味はちっとも落ちることがなく、アレクが羨ましそうにしていたのを覚えている。

だから、遠目には一人だけ軽装で戦う姿は一見危うく見えるが、心配だとはちっとも思わなかった。

私は彼の、絶対的な強さを知っている。

戦士と紹介されたから魔法は使わないつもりのようだが、それでもライナスの動きは騎士たちを圧倒していた。

ちょうど対戦していた騎士が降参し、ライナスの勝利が宣言される。

するとその途端に、どこかからきゃーきゃーという歓声が聞こえてきた。何事かと思ってそちらを見ればドレスを纏った令嬢たちが集まって花畑のような様相を呈《てい》している。

まるでモテるサッカー部員のファンが、練習試合を観戦しているみたいだ。

どこの世界でも似たような現象が起こるんだなあと思いつつ、ぼんやりとそれを眺めた。

ライナスのすごいところをたくさんの人に知ってもらえて誇らしくもあり、一方では彼が遠いところに行ってしまったようで寂しい気持ちになった。

仲間たちと別れても、ずっと傍にいてくれたライナス。

クレファンディウス王に裏切られた時も、その城から逃げる時も、彼だけは私を見捨てず助けてくれた。ずっと一緒にいてくれた。

きっと彼がいなかったら、私はだめになっていたかもしれない。

希望をなくしてもずっと一人で立っていられるほど、私は強くないのだ。

彼に出会った頃は、こんなことになるなんて思いもしなかったなとついつい思い出し笑いをしてしまう。

全裸で水浴びをしている時に遭遇するという最悪な出会いの後も、裏切られた直後で警戒心の塊になっていた私がライナスを受け入れるには随分と時間がかかった。

けれど、ライナスがあまりにも人間の機微を理解しないので、いつしか警戒するのが馬鹿馬鹿しくなっていたのだ。

ライナスの力量があれば、私をすぐに殺すことも容易だっただろう。

だが彼はそれをせず、興味があるからというそれだけの理由で私の旅についてきた。

彼が魔族だと知ったのはそれからしばらく後のことだったが、その時には既にライナスのいない生活なんて、考えもしなくなっていた。

でも、このグランシア王国で歓迎される彼を見ていると、彼をこれ以上私のあてどない旅に付き合わせてもいいのかなという気持ちが湧いてくる。

目的である魔王の討伐は既に果たされたのだ。

なのでこれからの旅は、主に日本へ帰る方法を探すか、恋の相手を探す旅になる。

前者はまだいいとしても、さすがに後者のためにライナスを引っ張り回すわけにはいかない。

いつ終わるとも知れない旅に付き合うより、同じ種族である魔族たちと暮らした方がライナスは幸せなんじゃないのか。

今まで考える余裕もなかったあれやこれやが、疲れた頭にぼんやりと浮かんできた。

そうしている間に日は暮れて、騎士団の演習は終わったようだ。

貴族の令嬢たちが、ライナスに話しかけたそうにそわそわしているのが分かる。これ以上見ていたくなくて、私は窓から顔をそむけた。

仲間のそういうところを見るのは、なんとなく気まずい。それが恋愛に興味のなさそうなライナスのものだと思うと、尚更だ。

だがそれとほとんど同じタイミングで、ホールに入ってくる人物がいた。

アレクだ。

彼とはダンスの練習初日以来会えていなかったので、私は驚いてしまった。

「どうしたの？　急に」

尋ねると、アレクは悪戯《いたずら》っぽい顔で笑う。

「いやなに。ダンスレッスンに奮闘しているアズサの陣中見舞いに」

決して暇ではないだろうに、様子を見に来てくれたのだ。

改めて、いい人だと思う。ちょっと常識が通じないところもあるけれど、彼が持つ優しさや正義感は本物だ。

青春を取り戻すと決めたのだしと思い、私は改めてそういう目でアレクを見てみることにした。

――つまり、アレクと恋ができるだろうかと。

王子の恋人なんて力不足なのは分かっているけれど、身近な男性が他にいないのだから仕方ないじゃないか。私はそう自分に言い訳する。

そうでもしなければ、とてもじゃないがそんな大それたことは考えられそうになかった。

なにせアレクは地球で言うならハリウッドスターぐらい整った顔立ちをしている。ライナスのような相手を否応《いやおう》なく魅了するそれではなく、清潔感のある正統派美青年だ。

私はアレクと二人で、街中を歩いている自分を想像してみた。

クレファンディウスやグランシアのそれではなく、学校帰りの道やお気に入りの公園を隣り合って歩いているところを、である。

青春を取り戻すからには、日本での甘酸っぱいデートが基本だろうという甘酸っぱい考えに基づく妄想である。

そしてすぐさま、結論に至った。

(うん。ないな)

それは思わず大きく頷いてしまうほどの違和感だった。

そもそも、恋人にするにはアレクはあまりにもスペックが高すぎるのだ。平々凡々な私とは、何をどうやっても釣り合わない。

というか、私が求めているのは平凡な青春なのである。

恋をする相手だって、日本人は難しくとももっと平凡な相手がいい。

たとえ彼がこの世界の王子様じゃなかったとしても、きっと私は同じ判断を下しただろう。

勿論それは彼に問題があるということではなく、共に旅をした大切な相手だから、いい奥さんをもらって幸せになってほしいと思う。

私のように、子供で我儘《わがまま》な人間にアレクはもったいなさすぎるということなのだ。

「アズサ。さっきから何一人で百面相してるんだ？」

アレクの指摘に、我に返って心臓が止まるかと思った。

どうやら私は、想像に浸《ひた》るあまり彼をないがしろにしていたらしい。それも、相手に分かるほど表情を変えながら。

恥ずかしさのあまり、私は思わずその場にうずくまった。

ダンスの練習のために着た、ドレスの長い裾が床の上に広がる。

「ア、アズサ⁉　一体どうした。体調でも悪いのか？」

そんな私を心配してくれるアレクに、とんでもない罪悪感が湧く。

私ごときが彼を品定めしていたなんて、本当に申し訳なさすぎてこのまま床に埋まってしまいたい。

「な、なんでもないよ。ごめんちょっと自分と闘ってた」

気を取り直して、差し出された手を借りて立ち上がる。

アレクは不思議そうに首をかしげている。

「そ……そうか。まあどんな訓練も、要は自分との闘いだからな」

相手はどうやら、私の言葉をいいように解釈してくれたようである。

「ごめんねアレク……」

「うん？」

どうにもいたたまれなくなって謝ると、金髪碧眼の王子様は困惑したように私の顔を覗き込んだ。

私はそれを笑顔でどうにか誤魔化し、トントンとヒールの先で床を叩く。

慣れないヒールで、ステップを踏み続けた足はパンパンだ。

ちなみに今の私は、本番の服装に慣れるためコルセットを巻いて、下半身はパニエで膨らませたスカート姿だった。

はっきり言って重いし苦しい。

これを日常的に身に着けているのだとしたら、貴族の令嬢たちは随分と逞しいのではないかとすら思ってしまう。

「随分と疲れているな」

挙動不審のせいか、それとも実際に疲れ果てていたからか、アレクはなかなか誤魔化されてくれなかった。

私は苦笑いを零す。

「なんせ慣れてないから」

「アズサの世界では、ダンスのようなものはなかったのか？」

「あったけど、私はやってなかったな。特にこれといって趣味もなかったし」

これは本当のことだ。

当時は何とも思っていなかったけれど、あの頃の私はやりたいことも好きなものも何もなかった。

ただ漫然と、毎日をやり過ごしていただけだ。

それでもいつか結婚して、子供を産んで老いて死んでいく。

そんな平凡な人生を、一度も疑ったことはなかった。

「……それでも、帰りたいのか？」

思ってもみなかった質問に、私は驚いて彼を見上げた。

明朗快活な彼の顔には珍しく、こちらを探るような色が浮かんでいる。

ずっと一緒に旅してきたアレクは、私がどれほど日本に帰りたがっていたかよく知ってるはずだった。

「そりゃ、帰りたいよ。当たり前でしょ？」

「アズサ。私は君に帰ってほしくない……。本当は、クレファンディウスに行くというのも止めたかった」

「アレク？」

突然真面目な顔で妙なことを言い出したアレクに、戸惑いを覚える。

彼はまるで、目を離せばすぐにでも私が消えてしまいそうだと言いたげに、その青い目でじっと私を見つめている。

「帰れないというのなら、もう旅をやめてもいいのではないか？　この国に残って、ずっと私の傍にいてくれ」

思ってもみない申し出に、何も言えなくなった。

アレクのこんな必死な顔を見たのは、魔王と戦った時以来かもしれない。

「私は本気だ。本気で君に、この世界に残ってもらいたいと思っている。そして私の妃になってほしいと」

「き、妃⁉」

驚きのあまり聞き返してしまった。

だがアレクの表情は真剣そのもので、以前のように冗談で言っているのではないことが伝わってきた。

心臓がばくばくと変な音を立てる。

どうしようもなくこの場から逃げ出したくなって、咄嗟に私はこう口にしていた。

「へんな冗談言わないでよ。ダンス一つ、まともに踊れないんだよ？」

そう、冗談だ。冗談に決まっている。

いくらアレクが真剣な表情をしていたとしても。

だって、ダンスの踊れないお妃様なんて、道化もいいところじゃないか。

この二年の旅で、私はこの世界において身分制度がどれほど強い効力を持っているのか、嫌というほど思い知らされた。

平等が当たり前のものとされていた日本とはあまりにも違う、その考え方には未だに馴染むことができない。

そんな小市民全開の私が、いつかは王になる人の妃になんてなれるものか。王妃なんて、私には荷が勝ちすぎている。

「ダンスなんて踊らなくていい。ただ傍にいてくれればいいんだ。私は、君と離れて君がどれだけ大切な人だったのかを知った」

アレクの真剣な表情に、彼が生半可《なまはんか》な気持ちで言っているのではないことが分かって、心が揺れた。

でも、恋人ならまだしも結婚だなんて。

まだ十八の私には、どうしても現実味がないのだった。

「どうしてそんな……他にいくらでも相応しい人がいるでしょ？」

「私は、君の強さに惹《ひ》かれた。どんな強敵にも、めげずに立ち向かっていく。その強さが、私は羨ましい」

そんなことを言われるとは思っていなかったので、私はひどく驚いていた。

私から見てもアレクは、十分に強い。それは肉体的にも、そして精神的にもである。

そんな彼の目をまっすぐに見ることができず、私は俯いた。

「買いかぶりだよ。私はそんなに……強くない」

そう、強くないのだ。仲間がいなければ旅の途中で諦めていただろうし、ライナスがいなければ今ここでこうしてはグランシアに辿りついてもいないだろう。

私が魔族に対抗できたのはいつの間にか与えられていた聖なる力とやらのおかげで、それすら私自身が努力して獲得したものじゃない。

いつも私は、誰かに頼って助けられている。

「アズサ……」

アレクの悲しそうな声がして、心底彼に申し訳ないという気持ちになった。

「とにかく、考えておいてほしい。あと、異世界に帰る方法に関して父上が話をしたいと言っている。そのうち迎えが来るだろう」

「ほんと⁉」

先ほどまでの話が頭から吹き飛んでしまうほどの、驚きの知らせだった。

まさか国王その人が個人的に会ってくれるなんて、思いもしなかったのだ。

それも用件は異世界に帰る方法についてだという。

クレファンディウスでは、聖女の召喚方法については王の周りのごく一部の人間しか知らないようだった。

その方法がこちらの国にまで伝わっているとは考えづらいが、グランシア王も同じ王という立場なら、手掛かりぐらいは知っているかもしれない。

思わぬ知らせに先ほどまでの会話も忘れてアレクの服に縋りつくと、彼は困った子供を見るように苦笑を浮かべた。

「私の申し出にも、そのぐらい熱心になってもらいたかったな」

私はいつの間にかアレクの腰に回っていた自分の手に気付き、慌てて飛びのいた。

ダンスの特訓のおかげで汗をかいていたことを思い出し、自分の無神経さと行儀の悪さに血の気が引く。

だがそんな私のことを、アレクは笑って許した。

「殿下――――！」

ちょうどその時、ホールに見知らぬ若い男性が駆け込んでくる。

彼はアレクの侍従だそうで、突然いなくなった主《あるじ》を探し回っていたようだ。

どうやらアレクが忙しいと言っていたのは本当らしい。アレクと同じ年頃の侍従が、彼を見つけて泣き出しそうになっていた。

「ではまたな。あまり根詰《こんつ》めすぎるなよ」

「ありがとう。そっちもね」

どうにか取り繕って挨拶を交わすと、アレクは侍従に引きずられるようにして帰っていった。

別れ際に見せたその切なげな表情だけが、瞼《まぶた》の奥に焼き付く。

けれど先ほどの出来事がやけにリアルに思い出されて、他に誰がいるわけでもないのに恥ずかしくてたまらなくなった。

告白を飛びこえて、本気で求婚されるなんて想像もしていなかった。

両手を頬に当てると、思った通りやけに熱い。

ダンスの練習を終えて、かいていた汗もそろそろ冷え始めているというのに、だ。

だが、いつまでもそうしていては汗が冷えて風邪をひいてしまう。とりあえずアレクの申し出については一度棚上げにして、私は急いで部屋に戻ることにした。

なんとこの王宮には大きなお風呂があって、申告すればいつでも入ることができるのだ。

本当なら王族や王族が許可した貴族しか入れないらしいのだが、聖女様なら当然とグランシア国王が自ら許可を出してくれた。

それだけのことで、私のグランシア王に対する好感度はただ上がり状態である。

日本への帰還方法に少し希望が見えたこともあり、疲れていた足が弾んだ。思わず鼻歌まで出てくる。

ところが、ホールを出たところで不意に呼び止められる。

驚きで心臓が飛び出しそうになる、今日はやけに呼び止められる日のようだ。

「随分と楽しそうだな」

声の主はライナスだった。

つい先ほどまで演習場で騎士たちと模擬戦をしていたはずの彼が、いつの間にか涼しい顔でそこに立っている。

「ライナス。いつからそこにいたの？」

鼻歌を歌っていたところを見られたと思うと恥ずかしすぎる。

せめて来たばかりであってくれと祈りながらそう問いかけると、彼は見たこともないような、皮肉げな笑みを浮かべて言った。

「そんなに嬉しいのか？　妻にと求められて」

一瞬、何のことを言っているのか分からなかった。

だがすぐに、アレクのことを言っているのだと気がついた。アレクがまだホールにいて話をしていた時から、ライナスは既に私たちの様子を見ていたのだ。

彼は結婚というものをいつの間に理解したのだろう。

羞恥心と怒りが同じくらい湧いてきた。私は恥ずかしさを誤魔化すために、ライナスを睨みつける。

「盗み聞きなんて趣味が悪いんじゃない？　いたのなら入ってくればよかったのに」

しかも、ホールから出る時アレクがライナスに気付いた様子はなかった。

つまり、彼は誰にも見つからないよう姿を隠していたのだ。彼が故意に盗み聞きしていたことは明らかだった。

「気を遣ってやったんだろう。お前が言う〝恋〟とやらの邪魔をしないようにな」

ライナスがあまりにも不機嫌なものだから、こちらもどうしてそんな態度をされなきゃいけないんだと頭に来た。

自分だって、少し前まで貴族のお嬢様たちにキャーキャー言われていたのだ。

なのにアレクからプロポーズされたことを、どうしてここまで不愉快そうな顔で言われなくちゃならないのか。

気を遣っているというのなら、おめでとうと祝いの言葉の一つも寄越したらいいのだ。

どうせ断る話なので、祝われたところで困るのは目に見えているけれど。

「そりゃ、アレクは優しいし、王子だし、女の子だったら誰だって嬉しいよ！　乙女心の分からないライナスとは違うもん」

勢いで憎まれ口を叩くと、ライナスからとんでもない質量の魔力が放出されたのが分かった。その禍々《まがまが》しさに、思わず全身が総毛立つ。

「な……っ」

「ああ悪かったな！　アレクシスと違って俺はどうせお前の気持ちなんか分からない。いつまでも人間にだって馴染まない、面倒な相手だろうさ！」

怒りも露わに言い返され、私は怒りよりも驚きで言葉をなくした。

今まで、不愛想な態度を取られたことはあっても、ライナスは一度だって『怒り』という感情を見せたことがなかった。

仲が悪いアレクが相手だったとしても、彼はこんな態度に出たことはなかった。

私は初めて、本気で怒ったライナスと対峙《たいじ》していた。

何が彼を怒らせたのか、ちっとも理解できないままで。

「ねえ、どうしてそんなに怒ってるの？　私、何かライナスを怒らせるようなことした？」

売り言葉に買い言葉でつい喧嘩を売るようなことを言ってしまったとはいえ、私は別にライナスと事を荒立てたいわけではなかった。

彼には、出会ってから今までたくさん手助けをしてもらった。だから返しても返しきれないほどの恩がある。

なのに、怒りに燃えるその金色の目で睨まれると、体が竦んでそれ以上何も言えなくなってしまうのだった。

こわい。こわい。

いつもは守ってくれる手が、今は恐ろしくてたまらない。

「俺は……俺は！」

何かを言いかけて、ライナスは言葉を呑み込み口の端を噛んだ。

鋭い犬歯が薄い唇を傷つけ、口の端から赤い血が一筋滑り落ちる。

私は両手で口を覆い、小さな悲鳴を呑み込んだ。

「大丈夫⁉」

傷の具合を見ようと慌てて駆け寄る私を、ライナスは乱暴に振り払った。

そしてそのまま、部屋を出ていこうとする。

「待って！」

美しい金の目の瞳孔が、まるで獣のように細長く変じていた。それは彼が、強い敵と対峙した時にだけ示す変化だった。

まるで鋭い刃物に貫かれたような衝撃を覚える。心を許していた分だけ、金色の鋭さが胸に直接突き刺さってひどく痛むのだ。

「放っておいてくれ……」

ライナスは囁くようにそう言うと、足早に去っていった。

それはあっという間の出来事で、時間にしてみれば五分も経っていなかったと思う。

それなのに私の心は五分前とは綺麗に異なっていた。

王に直接異世界に帰る方法について聞けるかもしれないと浮かれていた気持ちは消え失《う》せて、残っているのはひび割れて、今にも砂になりそうな乾いた気持ちだけだった。

「どうしてこんなことになるの……」

日本へ帰る方法が分かったら、ライナスも喜んでくれると思っていた。

だからお風呂から出たらライナスにそのことを報告して、できれば一緒に王様のところについてきてもらおうと思っていたのだ。

でもそんなこと、もうとてもではないができそうにない。

本当ならすぐに追いかけて怒っている理由を聞くべきなのかもしれないが、竦んだ足はまるで縫い付けられたようにその場から動かなかった。

脳裏には鋭く美しい金の輝きが焼き付いていて、たとえ何をしようと忘れられそうになかった。

＊　＊　＊

それから夜会当日まではあっという間だった。

その数日の間に何があったのか、実はよく覚えていない。ただ分かるのは、ライナスと一度も喋っていないということだけだ。

正直これはかなりこたえた。ライナスは口数が多い方じゃないけれど、出会ってからはほとんど毎日顔を合わせて、何かしらの会話をしていたからだ。

そのほとんどはこちらが一方的に話すだけだったけれど、聞いてくれる相手がいるのといないのでは大きな差がある。

旅に出発したばかりの頃、私につけられた護衛の騎士は必要最低限の言葉以外、発しようとはしなかった。

静かな旅路は、まるで誰かに追われているようにすら感じられた。

今ならば分かる。あの騎士は単に私に情報を与えないためだけではなく、いつか自分が逃げ出して私を見捨てる時のために、極力関わりを持たないようにしていたのだろうと。

だから、ライナスと旅を始めてからの私は、まるで解き放たれたみたいにいっぱい喋った。ライナスは自ら発言することこそなかったが、私の話にはきちんと耳を傾け、相槌《あいづち》を打ってくれた。

それだけで、蓄積していた不安や不満がどれほど薄らいだか。

今私がここでこうして笑ったり怒ったりできるのも、きっとその時のことがあったからだと思う。

きっと彼がいなかったら、私は二度と、誰かを信じようなんて思わなかっただろう。

そんな記憶があるからか、ライナスと会えない日々というのはひどくこたえた。

あの日から、一度もライナスに会っていない。多分避けられているのだろう。今までは、たとえ別々のことをしていようとも、夕食や朝食の時に言葉を交わすことができたのだから。

会えないのなら部屋に直接会いに行けばいいと何度も思ったが、彼の怒った顔を思い出すと再び拒絶されるのが恐ろしく、結局仲直りできないままでパーティーの日を迎えてしまった。

「大変お似合いですよ」

アレクがつけてくれた侍女さんが、てきぱきと私にドレスを着せてメイクをし、髪も丁寧に整えてくれる。

どうせ似合わないと言ったのだけれど、彼女はどこからか私の髪の色と同じ黒髪の付け毛を調達してきてくれた。そしてそれがダンスを踊ってもずれないようにしっかり固定すると、ヘアワックスもスタイリング剤も何もないというのに、あっという間に綺麗に結い上げてしまったのだ。

久しぶりに見る髪の長い自分は新鮮で、私は思わず鏡の中をじっと見つめる。

付け毛のおかげで、ドレス姿に違和感はあまりない。これまで慣らしたのがよかったのか、コルセットもそこまで辛くはなかった。

ただ、いくら慣れたとはいえやはり食事は無理そうだ。一応試してみたが、水を飲むので精いっぱいだった。

用意されたドレスは白に銀糸で刺繍《ししゅう》を入れた華やかなものだ。

聖女を招いたことを招待客たちに知らしめるために用意されたそれは、まるでウェディングドレスのように思えてどうにも落ち着かなかった。

もっともこちらの世界には、結婚式のドレスは白という決まりはないようだけれど。

「少し派手じゃないですか？」

不安になってそう尋ねたのだが、侍女さんは優しく笑うだけだった。

「とても素敵ですよ。自信を持って」

そう言われると、気が進まなかった夜会も少し楽しくなってくる。

たとえお世辞だったとしても、似合っていると言ってもらえるのはやっぱり嬉しい。

その言葉を信じて部屋から出ると、廊下ではあでやかな赤いドレスに身を包んだターニャが待っていた。

普段の闊達な人柄は鳴りを潜め、今はどこぞの令嬢か奥様にしか見えない。手についている細かい傷を隠すためなのか肘まである黒いレースの手袋は、光沢のあるドレスの生地と相まって、彼女の美しさに妖しい魅力を添えている。

「ターニャ！　すごく綺麗！」

私は臨時講師に叩き込まれた礼儀作法なんて綺麗に忘れて、ターニャに駆け寄った。

すると化粧でいつも以上に艶《つや》っぽくなったターニャが、破願する。

「アズサ！　綺麗になって。魔術でも使ったのかい？　髪が伸びてるじゃないか」

彼女は私を見下ろすと、物珍しそうにウイッグ部分に触ろうとする。

だがその手を、後ろからついてきていた侍女さんが素早く制した。

「おやめください。崩れてしまいます」

まさか止められると思っていなかったのか、ターニャは唖然としていた。それは私も同じで、素早いターニャの動きに対応できる人なんて滅多にいないのだ。

どうやらこの侍女さん、只者《ただもの》じゃないらしい。

そこに今度は、アレクとライナスが連れ立ってやってきた。

金髪のアレクはまるで新郎のような白い礼装に身を包み、ライナスは対極のように黒い燕尾服《えんびふく》を纏っている。

二人は私たちを見て少し驚いたように目を見開き、そしてまたしても服装と同じように対極の表情を見せた。

アレクは、満面の笑みを。

そしてライナスは――不機嫌そうに顔を顰めたのだ。

先ほどまでのわくわくしていた気持ちが、穴の開いた浮き輪みたいに急速に萎《しぼ》んでいくのが分かった。

私はたぶん、期待していたのだ。

ターニャと同じように、ライナスも綺麗だと言ってくれるんじゃないかって。

今までどんな美女に迫られても意に介さなかった彼を知っているはずなのに、どうしてそんな期待をしてしまったのだろう。

私はすごくがっかりした。

それが伝わったのだろう。アレクが心配そうな顔で、こちらの顔を覗き込んでくる。

「体調がすぐれないのかい？」

主催者側である彼に心配をかけちゃいけないと、私は無理やり笑みを作った。

そもそも、最初から喧嘩していたのだからライナスが顔を顰めたところで今更だ。

「大丈夫だよ。それよりもアレク。このドレスをありがとう。縫い付けられた石がきらきらしてとても綺麗！」

ドレスには、無数に透明な石が縫い付けられていて、光に当たるときらきらと星のように光った。

「よかった。母上が結婚式に着たドレスなんだ。仕立て直すのが間に合ってよかったよ」

アレクの何気ない言葉に、私は硬直した。

だって王子である彼の母親ということは、即《すなわ》ち王妃様が結婚式で着用したドレスということじゃないか。

「ああ～。だから虹彩竜《こうさいりゅう》の鱗《うろこ》の欠片なんて縫い付けてあるんだ。この短期間に、そんなにたくさん集められるような素材じゃないもんね」

どうやらきらきらと光っていたのは、虹彩竜という種類の竜の鱗だったらしい。確か冒険者ギルドの素材買取一覧によると、かなり上位の希少な高額素材だった気がするのだが……。

私はドレスの総額を無意識に計算しようとして、慌てて首を振った。

金額を知ってしまったら、汚したり傷つけるのが恐ろしくてこの場から動けなくなりそうだ。

その後ライナスには何も言ってもらえないまま、パーティーの開始時間になった。

会場への入場はアレクが私を、ライナスがターニャをそれぞれエスコートするという段取りがあらかじめ決められており、私は後ろにいるライナスを気にしながらアレクの隣に並んだ。

二人で並ぶと、お互い白の盛装姿のせいか結婚式にしか見えない。

私はここに来て初めて数日前のプロポーズを思い出し、自分でも顔が熱くなるのが分かった。

「ねえ、アレク。もしかして私にこのドレスを着せたのって……」

招待客に私たちの結婚を仄《ほの》めかすためなんじゃという言葉を、すんでのところで呑み込む。

この会話を聞かれたら、またライナスを怒らせてしまうんじゃないかと恐れたのだ。

だがアレクは、私が何を言いかけたのかすぐに察したようだった。

彼は少し寂し気に微笑むと、私の耳に顔を寄せて密やかに呟いた。

「私の求婚を断るのなら、せめてもこれくらいはさせておくれ。方々から結婚相手を押し付けられて困っているんだ」

その顔に嘘はなさそうだった。

彼が忙しそうにしていたのも、どうやら英雄になって帰ってきた王子に我が娘をと、貴族たちが張り切った結果らしい。

そういうことならば仕方ないと、私は彼の企《たくら》みに乗ることにした。

婚約者のふりをするならターニャの方が適任なのではと一瞬思ったが、今更ドレスを交換したところで、彼女の魅力的な曲線を引き立てるあのドレスを私が着こなせるとは思えない。

思えないというか、間違いなく着たそばからずり落ちてしまうだろう。なにせ彼女のドレスは、肩ひものないストラップレスタイプなのだ。私が着るのには、明らかに胸部の厚みが足りなそうである。

それに、私には引け目があった。

こんなにもよくしてもらっているのに、アレクの申し出を断ろうとしているという引け目が。

だから、ここまできてパーティーを欠席するなんてできるわけがない。

しかしどんなに考えたところで、私は自分が王妃になる場面なんて思い浮かべることができなかった。

アレクのことは嫌いではなかったが、彼の持つ身分はあまりにも責任が重すぎる。勿論仲間として幸せになってほしいという気持ちは山ほどあるが、それをできるのは自分じゃないという思いもまた、強くあった。

それに、彼と結婚したらライナスとはもう一緒にいられないだろう。

「今日は私に君をエスコートする栄誉を与えてくれてありがとう」

アレクはどうして、こんなに恥ずかしいセリフを恥ずかしげもなく言えるのだろうか。

慣れか？　慣れなのか？

言われた方がダメージを受けるなんて、なんだかずるいと思う。

「ほんと綺麗だよアズサ」

同性のターニャに再度そう言ってもらえると、なんだかちょっと安心できた。

見た目は蠱惑的《こわくてき》な美女なのに、口を開くとやっぱりいつものターニャだ。

「ターニャこそ、すごく綺麗だよ」

思ったことを正直に述べると、ターニャは照れたように頭をかこうとしたので今度は私が慌てて止める羽目になった。

せっかく綺麗にセットアップされているのに、崩れてしまったらもったいない。

そんなやり取りの間も、ライナスはずっと不機嫌そうな顔で黙りこくっていた。

本当は心のどこかで、ライナスも綺麗だと言ってくれるんじゃないかと期待していた。私もおめかしすれば少しは女っぽくなるのだと、分かってもらいたかった。

でもそんな望みは儚く消えて、今は黙り込んだ彼がいつまた怒り出すのかと、絶えず彼を気にしている状態だ。

黒い礼装は、彼のスタイルの良さや華やかな色彩を存分に引き立てていた。私がちょっとおしゃれをしたぐらいでは、その格差はとてもではないが埋められそうにない。

ライナスはきっと、美しい顔なんて鏡で見飽きているんだろうなと思う。

それでもせめて嘘でもいいから、一言ぐらい声をかけてくれればいいのに。そう思う気持ちは、消え去るどころかどんどん強くなるばかりだった。

変な期待をしちゃだめだと、必死に自分に言い聞かせる。

私たちの待機場所は通常の招待客が使う通路ではないため、廊下に他の人達の姿はない。

だが扉の向こうからは、ざわざわとたくさんの人の気配が伝わってきた。ダンスも含めてついにお披露目だと思うと、緊張で体が硬くなる。

あんなに優雅に歩くようにと指導されたのに、一歩歩くごとに体が石になっていくようだ。

そういえば魔族の中にも体を石に変えるやつがいたなとか現実逃避めいたことを考えていたら、私をエスコートしてくれているアレクがにっこりと微笑んで言った。

「硬くなることはないよ、アズサ。君は王の賓客なんだから、誰も君の行動に難癖つけることなんてできない。みんな芋だと思うがいい」

私が緊張しているのが伝わったのだろう。

緊張をほぐすようにアレクが言うが、上品な顔に満面の笑みをのせて『芋』などと言われてしまっては苦笑するしかない。

それでもおかげで少し力が抜けて、気持ちが楽になった。

「アレクシス・フォン・グランシア殿下、聖女アズサ様、戦士ライナス様、冒険者ターニャ様のおなりです」

両開きの扉が開け放たれ、いい声をした侍従が、私たちの名を叫ぶ。

すると会場に詰め掛けた人々の視線が、一気にこちらに向くのが分かった。

転んでしまわないよう細心の注意を払いつつ、まずは招待してくれた国王へ挨拶に向かう。

勲章の授与と夜会を開いてくれたことに対する礼を述べるためだ。

アレクの父であるグランシア王は、アレクの母がかつて着たというドレスを見ると懐かしそうに相好《そうごう》を崩した。

「これはこれは。聖女殿は見違えたな。今宵は輝くようだ」

アレクが褒め上手なのは父親譲りなのか、王は惜しむことなく賛美の言葉をくれた。正直、実際会うまではクレファンディウス王と同じ王というだけで警戒していたのが申し訳なくなるほどである。

「本日は、このような会を開いていただきありがとうございます。素晴らしいドレスまでお貸しいただき、身に余る光栄です」

あらかじめ講師と一緒に考えておいたお礼の言葉にドレスのことを付け加えると、グランシア王はまるで孫を見つめる祖父のような顔で二回ほどうんうんと頷いた。

その仕草は、威厳よりもむしろ親しみが強く感じられる。

「うむ。今日は存分に楽しんでくれ」

挨拶の順番が詰まっているのか、最大の目的である国王との対面は、こうして無事に終わった。

あとは夜会が終わって落ち着いたら、約束通り時間を取ってもらえると願おう。

王から離れ一息つくと、今度は私たちに挨拶をしたい人たちが群れを成して近づいてきた。まるで赤い絨毯《じゅうたん》を泳ぐイワシの群れだ。男性でもそれぞれ趣向を凝らした格好をしているので、それほど画一的というわけではないのだが。

周りを人垣で囲まれた時は正直どうしようかと思ったがそのほとんどはアレクと言葉を交わした若い人たちで、実際ほとんどアレクが対応していた。

時折思い出したように私にも話を振られたが、口を開いてもぼろが出るだけなので黙って愛想笑いを浮かべておく。

そうしておけば大抵のことはどうにかなると請け負ってくれたのは例の臨時講師だったが、彼の言葉通り、果たして喋らずとも大きな問題になることはなかった。

ターニャとライナスもまた、大勢の人に囲まれていた。ターニャは男性に、ライナスは女性にそれぞれ大人気だ。

ただ見た目は極上でも中身はそれぞれそのままなので、ターニャは慌てつつ対応していたし、ライナスはほとんど無言で通していた。

私も若い男性貴族にあとで英雄譚《たん》を聞かせてほしいなどと言われたが、旅の話はそんな美しいものではないのでと言って断っておいた。あまり思い出したいものでもない。

あとからまずかっただろうかと思ってアレクを見たら、彼は苦笑しているだけだった。特に咎められなかったので、作法的にまずいわけではないのだろう。

立ちっぱなしで話しかけてくる人々の対応に疲れ始めた頃、楽団によるダンスのための曲が流れ始めた。

アレクが話を切り上げ、私たちはホールの中央付近に歩いていく。

ここに来る前はダンスを踊るなんて勘弁してほしいと思っていたが、詰め寄る人々から逃げられるとなればなんともありがたいと思えるから不思議だ。

ゆったりとした曲調に合わせて、アレクに身を任せる。

さすが生まれながらの王子様とでもいうべきか、彼のエスコートはそつがない。上半身の動きは彼に任せて、私はステップを間違えないよう足に意識を集中することにした。

話を聞いた時は絶対に無理だと思ったが、付け焼刃《やきば》でもなんとか踊れるものだ。

といっても、練習したのはこの一曲だけなので他の曲は踊れない。この曲が終わったら、私は裏に引っ込むつもりでいた。こんなに華やかな場所や時間は、どうにも慣れない。

アレクは私を王妃になんて言うけれど、そういう意味でも私に王宮暮らしはとてもじゃないが無理だと思う。

なんとかぼろを出さずにダンスを終え、私はまた招待客に囲まれる前にアレクと別れ自分の部屋へと向かった。

アレクは王子様なので、これから延々招待客の挨拶を受け続けなければならないらしい。

王子様も楽じゃないんだなと思いつつ歩いていると、突然見知らぬ男性に手を掴まれた。

「聖女様！」

「は、はいー⁉」

よく見ると、彼は先ほど英雄譚を聞かせてほしいと言ってきた青年貴族だった。

焦げ茶色の髪を短く切りそろえ、同色の目には期待の光が宿っている。

「どうか私とも踊っていただけませんか？」

まさかのダンスのお誘いだった。

きっと、私に近づいてアレクに口利きしてもらおうとでも考えているのだろう。

こういう人に捕まらないよう急いで退席しようとしていたのに、不運としか言いようがない。

正直にさっきの曲しか踊れないんですと言うわけにもいかないので、どう断ろうかと悩んでしまう。

それにしても、こうやって突然手を掴むのはマナー違反にはならないのだろうか。その強引なやり方に、イライラして思わず怒鳴り返したくなった。

「あの、それでしたら他のご令嬢と踊ってください。私はこういう場に慣れていないので……」

「なに、あなたは私に身を任せてくだされぱいいのです。立派にエスコートして見せますよ」

立派にエスコートされたところで、他のダンスのステップを知らないのだから無理なものは無理なのだ。大体、エスコートに慣れたアレク相手ですらがちがちになっていた私の踊れなさ具合を、甘く見ないでもらいたい。

「ご遠慮させてください。少し気分が悪くて……」

「おや、それは心配ですね。それでは私が静かな場所までお連れしましょう」

私は、やんわり拒絶するということがどれだけ難しいかを知った。

それを笑顔でこなしていたアレクを改めてすごいなと思いつつ、とにかく掴まれた腕を離してもらおうと力を込める。

だが腕を離すどころか腰に手を回されてしまい、私は内心で悲鳴を上げた。

同意のある相手――ライナスやアレクにこうされたとしてもこれほどまでに嫌悪感は抱かなかっただろう。

だが私は、了承も得ずにパーソナルスペースまで押し入ってくる男にはっきりと嫌悪感を抱いた。

もう騒ぎになっても構わないから、今すぐ離れてもらいたい。

だが今日のために尽力してくれた人々のことを思うと、どうしてもここで騒ぎを起こすような真《ま》似《ね》はできなかった。

せめて人目につかない場所に行ってから逃げようとどうにか踏みとどまると、私は男に促されるまま休憩用の部屋が用意されている一角へと向かう。

ホールのざわめきも遠ざかった頃、私はもういいかと思い男の体を押しのけようとした。だが、逆に男は私を壁に押し付け絶対に逃がさないとばかりに笑みを浮かべる。

「聖女様がこんなに積極的だとは思いませんでしたよ」

何のことを言っているのか分からず、私は一瞬呆気に取られて男の顔を見上げてしまった。

すると程なく、押し付けられた壁の向こうから人の声がしてくることに気付く。

それも普通の声ではない。所謂《いわゆる》嬌声《きょうせい》というやつだ。

私は顔が熱くなるのを感じた。

壁の向こうではほぼ間違いなく、そういういかがわしい行為が行われているのだろう。

何も言えなくなってしまい私は黙り込んだ。

「殿下の前ではつれない態度でしたのに、二人きりになりたいだなんて」

どうやら、私が気分が悪いと言い訳したことが彼の中では「二人っきりになりたい」に誤変換されてしまったようである。

私だって静かな場所がこういう場所を意味するのだと知っていたら、間違ってもあんなことは言わなかった。

というか人目がない場所で二人きりになるなんて愚行には及ばなかったはずだ。

だが後悔しても遅い。

ホールの喧騒《けんそう》は既に遠く、助けを呼んでも誰かが反応してくれるとは考えづらかった。

どうしようか逡巡《しゅんじゅん》している間に、男は自らの体を押し付けて無理やり空き部屋の扉の中に私を押し込もうとする。

必死に抵抗するが――というかこの時点で、嫌がっていると察してほしい――男の体はびくともしない。

そもそも私が冒険者になれたのは偏に聖なる力のおかげであって、私自身の身体能力は日本人女性の平均ほどしかないのだ。

しかも足元は慣れないヒールの靴である。

うまく踏ん張ることもできず、そのまま部屋に押し込まれそうになってしまう。

「いやっ！　助け――……」

叫ぼうとしたところで、私は呆然と男を見上げた。

抵抗がなくなったことに安心したのか、男がにやりと笑みを浮かべる。

しかしその直後、目の前の男は崩れ落ちてしまった。

原因は簡単。彼の後ろから音もなく忍び寄ったライナスが、何かやったらしいのだ。

「こ……殺してないよね⁉」

思わず口をついて出た言葉はこれだった。

するとライナスは、憮然《ぶぜん》とした顔で私を見下ろす。

「なんだ、殺した方がよかったのか？」

いつもと同じ無表情だが、どうもかなり機嫌が悪いようだ。

その証拠に、口元にうっすら笑みが浮かんでいる。

この男は笑っている時ほど機嫌が悪いのだと、気が付いたのはいつのことだったか。

「よかった……」

なにせ今の私たちはグランシア国王の客である。

その客がグランシア国民を殺してしまったら大変なことになるし、国王にもアレクにも迷惑がかかってしまう。

「なんだ？　この男が無事で安心したか？　アレクシスだけじゃなくこんな男にまで煽《おだ》てられていい気になるとはな」

ライナスの口から出たのは、あまりにも辛辣な言葉だった。

その言葉は、危機が去って安堵した私の心に、鋭く突き刺さる。久しぶりの会話が、まさかこんなものになるなんて。

「は？　何言ってるの？」

「言葉通りだ。仲間のアレクシスだけならまだしも、のこのここんな場所までついてきたんだ。お前もそのつもりだったんだろう？」

そのつもりがどんなつもりなのか理解するのに、少し時間がかかった。

そして先ほど壁越しに聞こえた声を思い出し、恥ずかしさと悔しさで頭が破裂しそうになる。

この見も知らぬ男とそういうことをするつもりでここに来たのだろうと、ライナスはそう言っているのだ。

「ち……っ、違うよ！　この場所がそんな場所だって、知らなかったんだもん！」

必死に弁解したが、ライナスの眼差《まなざ》しは冷たいままだ。

「ならどうして大人しくここまで来たんだ？　腰に手を回されても嫌がってなかった」

「見てたの⁉」

驚きのあまり声が裏返る。

どうやらライナスは、ホールで男に腰に手を回されたあたりから、私に何が起こっているのか把握していたらしい。

私は鯉《こい》のように口をぱくぱくとさせ何を言うべきか悩んだ。

批難されて悔しい気持ちがみるみる萎んで、深い悲しみに突き落とされる。

私はライナスに、そんな女だと思われていたのだろうか。初対面の相手とでもすぐにそんな関係になるような。

どんな誤解よりも、その事実が一番胸に刺さる。

「……分かった」

「何?」

悲しみには底がなくて、涙腺が壊れたみたいに涙が溢れ出した。

念入りにしてもらった化粧も全て台無しだ。せめてドレスは汚さないようにと、持たせてもらったハンカチで乱暴に顔を拭う。

「ライナスが私をそんな風に思ってたんだってこと!」

泣きながら見上げると、ライナスの口元から笑みは消えていた。

彼は困惑したように私を見下ろしている。

「少しは……信用されてるなんて自惚《うぬぼ》れてた。馬鹿みたい」

何度かしゃくり上げながらも、ライナスからは目を逸らさなかった。

人間同士でも、口に出さなければ相手の気持ちなんて分からないのだ。だからライナスには特に、思ったことはすぐ言うようにしていた。

つまらない誤解なんて――起きないようにと。

「確かに私が迂闊《うかつ》だったけど、どうしてライナスが怒るの⁉　ライナスから見て私はそんな風ってこと？　この格好だって……本当は綺麗だってライナスに褒めてほしかった。でも何も言ってくれないし、それどころかずっと無視するしっ！　何をそんなに怒ってるの？　私そんなに悪いことした？」

そもそも、私にはライナスが怒っている理由が分からないのだ。

国王に個人的に会う時間を作ってもらえることになって浮かれていたが、それを見たライナスがどうして怒ったのかが分からない。

涙が止まらない。後から後から流れてくる。このままでは干からびてしまいそうだ。

その時使用人が何事かと様子を見に来たので、先ほどの男を体調不良だと言って引き取ってもらった。

私が泣いているので怪しまれるかもしれないと思ったが、さすが王宮の使用人というべきか詮索することもなく男を運んでいった。

もう出歩くことが嫌になってしまったので、私は部屋に入り用意されていた長椅子に座る。

するとライナスは、立ち去ることもなくおずおずとついてきた。

「何？」

ぐすぐすと涙を拭いながら、狼狽《うろた》えるライナスを睨みつける。

もういい加減疲れてしまった。ここ数日ずっと気を張っていたのだ。その上ライナスには無視されるしで散々だった。

完全にキャパオーバーだ。

こうなったらもう遠慮なんてしていられないので、気が済むまでライナスに嫌味を言ってやることにした。

「大体、王様に会えるって喜んで何がいけないの？」

「は？」

「この間のこと！　私が浮かれてたら王妃がなんだのって言って急に怒り出してさ。意味分かんない。アレクとの話を聞いてたとしてなんでそうなるの？」

「あれは……」

私の突然の攻勢に驚いているのか、ライナスは僅かに口ごもった。

「王妃になってほしいと言われて浮かれてたのではないのか？」

「はあ？　何それ」

「だが俺は確かに……」

ライナスの言葉をぶった切り、強い語調で言い返す。

泣いている女の子は強いのだ。

「そりゃ少し前に王妃になってとかそんな話してたけど、私が王妃様になんてなれるはずないじゃん！　今日みたいにお淑《しと》やかなふりをずっと続けるなんて無理だもん。そうじゃなくて、私は王様から異世界に帰る方法について話が聞けるかもしれないって喜んでたの！」

「そ、そうなのか？」

「そうよ！　王様が後で特別に会ってくれるってアレクから聞いて、謁見の時は周りに人もいて込み入った話はできなかったけど、グランシア王国の国王なら異世界からの召喚について何か知ってるかもしれないからって……！」

「わ、分かったから落ち着け！」

興奮しすぎてひきつけを起こしそうになる私の肩を、ライナスが慌てて押さえる。

彼は部屋の中に水差しがないことを確認すると、すぐさま魔術で水とコップを作り出し私に飲むように言った。

言われるままこくこくと水を飲むと、まるで乾いていた大地が潤うような心地がした。どうやら泣いたことで随分と水分を失っていたらしい。

「もっと」

私が空《から》になったコップを差し出すと、ライナスは大人しく追加の水を作り出してコップに注いだ。

ようやく落ち着きを取り戻してライナスを見上げると、彼はまるで叱られた犬のように項垂《うなだ》れていた。伏せられた耳が見えるようだ。

「その……すまなかった」

謝罪を受けて、ようやく誤解が解けたのだと安堵した。

信じている人に信じてもらえないのは辛い。信じてほしいと思っているだけに、尚更。

「じゃあ、もう怒ってない？」

「怒ってない」

「ひどいこと言わない？」

「言わない。本当に悪かった。俺は……悔しかったんだ。アズサは元の世界に帰りたいといつもそればかり言っているのに、アレクシスのためになら残るのかと思うと冷静じゃいられなかった」

「どういうこと？」

ライナスの言っている意味がうまく理解できず、私は首をかしげた。

「だから……俺のためには残ってくれないのに、アレクのためならいいのかと嫉妬した」

その言葉に、私は呆気に取られてしまった。

「ライナス……私に残ってほしかったの？」

驚いてそう問えば、ライナスも驚いたように目を見開く。

「そうに決まってるだろう。俺はアズサが行くところならどこへでもついていくと言ったはずだ。

だが異世界にまで行けるかどうかは分からないから……」

「ちょ、ちょって待って！　それってもし一緒に行けるなら、異世界にまでついていきたいってこと⁉」

驚いて問えば、ライナスは素直に頷いた。

魔王を倒した後もライナスがついてきてくれているのは、この世界では魔族以外にてんで抵抗力のない私を心配してくれているのだろうと思っていた。

それがどうだ。ライナスは日本までついていきたいという。

「そ、それは……異世界に興味があるからってこと？　知らない世界を見てみたい的な」

理由を問えば、ライナスは苛立たし気に首を振る。

「違う。俺は異世界だから行きたいんじゃない。アズサと一緒にいたいんだ。どうして分からないんだ。お前は俺が魔族だから人の気持ちが分からないというが、お前も相当だぞ」

驚いたことに、ライナスに鈍《にぶ》い認定をされてしまった。

私はどうやら理解したと思っていたライナスのことを、まだまだ全然分かっていなかったみたいだ。

「ご、ごめん」

向こうが謝っていたはずなのに、なぜかこちらが謝る羽目になっていた。なぜだ。

「と、とにかく部屋に戻ろう。今日はもう疲れたよ」

様々なことが起きて疲れ切っていたのは本当だ。

けれど部屋に戻ろうと提案した理由はそれだけではなかった。このまま二人でこの部屋にいるのは、どうにもよくない気がした。

たまに優しいライナス。何を考えているのか分からない魔族のライナス。

一番最初に旅の仲間になった彼のことを私は心のどこかで庇護者《ひごしゃ》のように思っていたけれど、それはもしかしたら違うのかもしれないと考えを改めた夜だった。

＊＊＊

翌日。

懸案《けんあん》だった夜会も無事終わり、意外にもあっさりと国王と対面することができた。

旅の仲間共々、王の昼食会に招かれたのだ。

「お招きいただきありがとうございます」

慣れないながらも感謝の言葉を口にすると、王は鷹揚《おうよう》に笑って言った。

「いや、こちらもなかなか時間が取れず失礼した。夜会の準備に忙しくてな」

席に着くと、続々と料理が運ばれてきた。

日本ですら食べたことがないような、まるで芸術品のように飾り付けられた料理だ。肉、魚、野菜と、この世界にこんなに色々な食材があったのかと驚く。

そもそも旅の最中は保存食ばかりだった。今思えば、舌が肥えているアレクはよく耐えられたものだ。ターニャの料理の腕があったにしろ。

「それで、聖女殿は余に聞きたいことがあると聞いたのだが」

食事も中盤に差し掛かり、当たり障りのない会話からようやく本題に入ることができた。

「はい。私はクレファンディウス王国の王によって、異世界より召喚されました。魔王を倒した今、元の世界に帰る方法を探しております。陛下は何かご存じではないでしょうか？」

昨日の今日だ。ライナスの前でこの質問を口にするのは勇気が要《い》るが、この貴重な機会をふいにするわけにはいかない。

言葉を選びながらなんとか言い切ると、王はナプキンで口を拭い難しい顔で言った。

「……報告は聞いておる。かの国はなんと惨《むご》いことを」

どうやら、クレファンディウス王の所業についてもグランシア王は承知していたようだ。

「力になりたいが、残念ながら我が国には召喚及び異世界人の帰還に関する伝承は伝わっておらん」

「そうですか……」

手掛かりなしという結果に、がっかりはしたが思ったより平気な自分がいた。

それは昨日のライナスとの会話が原因かもしれなかった。同席している彼を見れば、あからさまに喜んでいてちょっと腹が立つ。

「だが、知っておるかもしれん人間に心当たりはある」

思わぬ続きに、私は王の顔をじっと見つめた。

深みのある顔に、優し気な目元。そしてその目には、嘘偽りのない誠実な光が宿っている。

「魔導国の国家元首ならばあるいは……」

「グラン・テイル魔導国……」

それは、大陸の中で最も魔術が発達していると言われている国の名前。

かの国は王ではなく代々最も魔力が強い者が元首として選ばれる。人格や血統など関係なく、とことん実力主義の国だと聞いている。

私もあの国ならもしかしたらと考えたことはあった。

ただグラン・テイル魔導国は徹底した排他主義で知られており、国民や特別に許された者以外は入国すらままならないという。

なので前回の旅でも、結局魔導国に入国することはなかった。

「君たちには我が国から魔導国への使者としての体裁を整えよう。余の使いならば、かの国に入国し元首との面会も叶うであろう」

それは破格の申し出と言えた。

「ありがとうございます！」

まだ日本帰還への道は絶たれていないと知って、体中に力が漲《みなぎ》ってきた。

諦めることはいつでもできる。だからせめて最後まで、精一杯あがきたいのだ。そうしなければきっと、私は日本に帰ることをいつまでも諦められない。

本当は飛び跳ねて喜びたかったが、王の主催する昼食会でさすがにそんなことはできない。

「体裁を整えるまで一日貰おう。勿論、我が国にはいつまででも滞在してもらって構わない」

「ありがとうございます。ですが、準備ができしだいすぐに発ちたいと思います」

返事をしてから、恐る恐るライナスを見る。

彼は表情が読めない顔で、ただこちらの成り行きを見守っていた。

「早すぎるよ。そんなに急がなくても」

アレクに引き留められたが、私は首を横に振った。

「クレファンディウスのこともあるし、あんまり長居をしすぎたら迷惑がかかるから」

もともと、こんなに長く一国に留《とど》まるつもりはなかったのだ。

一応私はクレファンディウスに追われる身の上である。あちらも他国の領内でそうそう手出しはできないだろうが、グランシアに留まるとなれば何らかの手を打ってくることだろう。

特に、昨日の祝賀会でグランシアに聖女がいることが大々的に発表されてしまった。

迂闊としか言いようがないが、この国の貴族にクレファンディウスとつながりのある者がいたら、追手がやってくるのはそう先のことではないだろう。

「そんなこと気にしなくていい。なんならずっとこの国にいてくれていいんだ。私の妃としてね」

アレクはまるで息をするように、またも私に求婚してくる。

これには苦笑するしかなかった。

昨日の夜会でたくさんの令嬢に囲まれていたというのに、まだこんなことを言っているのだから。

「これ、求婚するならもっとしゃきっとせんか！」

グランシア王はご立腹だ。ただし、怒るところが少し違う気がするが。

「アレクありがとう。でも本当に、私は妃とかには向いてないよ。昨日よく分かったんだ。社交界とか苦手だもん」

なにせ、付け焼刃でもダンス一曲しか踊れないのだ。

こんな王妃はいまい。

「そうか」

私の答えが分かっていたのか、アレクはただ微笑んだだけだった。

「残念ながら私は一緒に行けないが、ターニャはどうするんだ？」

会話に口を挟むことなくひたすら贅沢な料理に目を輝かせていたターニャに、アレクが話を振る。

「アタシ？　魔導国にも興味はあるけど、しばらくはクリーディルにいろってギルドに厳命されてるんだ。高ランク者向けの依頼が溜まってるらしくて」

最初から分かっていたことなので、がっかりはしなかった。

旅の後、むしろもう二度と会えないと思って別れたのに、もう一度二人に会えたことの方が僥倖《ぎょうこう》だったのだ。

「ライナス、君は――」

「アズサが行くところなら、どこへでも」

「これは、愚問だったか」

ライナスに即答され、アレクは苦笑した。

結局、魔導国に向かうのは私とアレクの二人になりそうだ。この国に来た時と同じだが、追い詰められすり減らされたあの時とは何もかもが違っている気がした。

「聖女よ。武運を祈っておるぞ」

「ありがとうございます陛下。この御恩、一生忘れません」

グランシアでの滞在は、私にとって忘れられない日々となった。

振り返ってみると、ずっと戦いばかりだった異世界での生活において、唯一の穏やかな日々だった。色々大変だったけど、今ではこの国に来て本当によかったと思っている。

もし別の国に行っていたら、私はこの世界の人はみんなクレファンディウス王のような人だと思い込み、人間不信になっていたかもしれない。

私が魔王を倒した意味は果たしてあったのかと、きっと悩んだことだろう。

けれど今は、あの苦しい旅も無駄ではなかったと思える。

勿論部屋に連れ込まれそうになったことなどの嫌な思い出もあるが、いい人と悪い人がどちらもいるのは日本でも同じだ。

その後、昼食会は和《なご》やかに幕を閉じた。

出立は明後日と決まり、私はターニャやアレクとの別れを惜しんだ。

食料などは以前買ってライナスに預けていた分があるから、慌てて旅支度をする必要はない。それ以外にも、名目上使者ということで衣服や細々とした道具などをグランシア王が用立ててくれた。着回していた古着はすっかりくたびれていたので、これは素直に助かる。

もう敵を倒すための旅ではないので、出発を憂《うれ》う理由は何もない。

ただ問題があるとすれば、あの夜以来私とライナスの関係が微妙に変わった気がして、二人きりで旅をするのが少し不安に思えることだった。

これからの旅がどうなるのか、それは想像も付かないことだった。

第四章　翻弄される聖女

グランシア王国の王都クリーディルから、グラン・テイル魔導国の首都エリピアまでは大人の足でひと月ほどの行程である。

私たちはこの行程を、普通に歩いて移動していた。

なんとなく、あんな会話をした後にライナスに抱き上げてもらって転移をするのは抵抗があったのだ。

今までは緊急事態だからと気にしないようにしていた距離が、今は妙に気になってしまうのである。

触れることなんて何でもなかったのに、今は少し触れられただけで顔が熱を持つ。久しぶりに二人きりになったことも、無関係ではないだろう。

私の過剰な反応を、ライナスも訝しく思っている様子だ。

ある日、日が暮れるまで歩いて野営地を決めると、私たちは向かい合って火を囲んだ。

硬いパンをナイフで切り、チーズをのせる。それと干し肉。

何度も繰り返した味気ない食事を、革袋に入った水で流し込む。

クリーディルを出て半月。既にグランシア王国の国境を越え、私たちは二つの大国に挟まれた小国を横断している最中だった。

グランシア王国を出てから、隘路《あいろ》が増え治安も悪化している気がする。

やっぱりグランシアは特別だったのだと改めて実感した。魔王の攻勢により魔族が活発化してから、まだそう時は経っていない。いくら脅威が去ったとはいえ、荒れ果てた国土が収まるまでにはまだ時間がかかるのだろう。

途中、住民のいなくなった村を二つほど見た。

魔族に襲われたのか、あるいは盗賊にやられたのか。うち捨てられた家屋は荒れ果て、畑は自然に戻りつつあった。

私ができることは、魔素で汚染された場所を浄化する程度だ。

そして浄化したからといって、村人が戻ってくることはない。無事逃げ延びていればいいが、もしかしたら殺されてしまったのかもしれない。

「浮かない顔をしているな」

無人の村を思い出していたからか、ライナスに指摘されて私は考えていたことが顔に出ていたことを知った。

けれど、今までライナスが私の表情に言及するなんて滅多になかったことだ。

むしろそのことに驚いてしまい、私は深く考えもせず問い返した。

「分かるの？」

するとライナスが、少しだけむっとしたのが雰囲気で伝わってきた。

「勘違いで仲違いをするのは、馬鹿馬鹿しいと気がついた。だから今度は間違えないよう、お前の顔をよく見るようにしているんだ」

こんな恥ずかしいことを、面と向かって言ってくるのだ。

言われた私の方が、耐えられず視線を炎の中に投げた。

「そうなんだ……」

「少しは褒めろ」

「う……うん。すごい……」

もう目を開けていることすらできなくなり、私は両手で顔を覆う。

魔族には、恥ずかしいという概念がないのかもしれない。それか、ライナスが特に意味もなくこんなことを言っているとしたら相当だ。

彼は私と一緒にいたくて、できることなら日本にまでついていきたくて、アレクの王妃になると思い込んで怒って、今度はすれ違わないようにと苦手なくせに人の表情を読もうと頑張っている。

さすがに鈍い私でも、彼の言動には思うところがあるわけで。

彼の行動をまとめると――人はそれを『独占欲』と呼ぶのではないだろうか。

人じゃなくて魔族で、人を惑《まど》わすほどに美しくて恐ろしいライナス。

彼に特別に想われているということが、嬉しくもあり恐ろしくも感じられるのだ。

その魅力に取り込まれて、私はいつか日本を諦めてしまうんじゃないかと。

まっすぐに帰ることだけを目指してきたから、今まで迷わずに済んだ。どんな困難にでも耐えられた。

ライナスの気持ちを直視したら、もうそんな自分ではいられなくなってしまう気がして、私は今日もうやむやのままに話を終わらせる。

何も返せないのに彼を連れ回す自分の身勝手さから、目を逸らしたままで。

＊　＊　＊

私たちがグラン・テイル魔導国の首都エリピアに到着したのは、クリーディルを出てひと月と少し経ったある日のことだった。

日程が少し遅れたのは、この世界の平均よりも私のリーチが短いからかもしれない。まあ、致命的な遅れではないので気にしないことにしよう、誤差だ誤差。

エリピアに入るためには、街の東西南北にそれぞれ一つずつ配置された門を通過しなければならない。

街を取り囲む城壁はクリーディルのそれよりも低いが、目には見えないだけで魔術によるシールドが張られているのだそうだ。

なので、この国は魔族だけでなく他国の侵略に対しても鉄壁の防御を誇っている。

私がこの話を聞いたのは、昨夜野営地で偶然一緒になった商人からである。

彼の話では、グラン・テイル魔導国は他国との関わりを断っており、国外から物を持ち込んだり逆に持ち出したりする場合には厳重な検査が行われるらしい。

ゆえに商人も気軽に行き来はできず、魔導国政府から特別な許可を受けて交易を行っているのだそうだ。

思ったよりも断然厳重な雰囲気に、私は少し尻込みしてしまった。

国境は隣国との境が曖昧なため簡単に入国できたのだが、さすがに首都はそうはいかないらしい。

それにもう一つ問題があって、それはライナスのことだ。

ライナスはこうして人の姿をしているとはいえ、生粋《きっすい》の魔族である。ほぼ確実にそのシールドとやらに弾かれてしまうだろうし、無事に入れたとしても後でばれたら紹介状を書いてくれたグランシア国王にも迷惑がかかってしまう。

関門に並ぶ行列を横目に、私は決断を迫られていた。

それはエリピアに入るか否かということである。

もし入るとするなら、ライナスとはここで別れなければならない。

待っていてほしいとはとても言えなかった。もしかしたら無事日本に帰ることができて、もう街の外には出てこないかもしれないのだ。

けれど、せっかくここまで一緒に来てもらったのに、じゃあここで別れようなんて虫のいいことは言えなかった。

なら日本に帰るのを諦めるのかというと、それも決断できないのだ。

私はさして高くない壁を見上げて、身動きが取れなくなった。

ライナスはライナスで、なぜかここへ来て何も言わなくなってしまった。

ここに来るまで帰らないでほしいとか一緒に行きたいとかあれほど言っていたくせに、最後の決断は私の意志に任せるつもりのようだ。

この男は魔族のくせに、どうしてこんなに優しいのだろう。

彼が本気で望めば、私など抵抗する間もなく連れ去ることだってできただろう。いくら私が聖なる力を使うとはいえ、例えば眠っている間なんて全くの無防備なのだから。

魔族なのに魔王討伐に協力してくれた変わり者のライナス。魔族だから自分は身勝手なんだと言いながらも彼の行動は優しさに溢れている。

もしここで「行くな」と言ってくれたら、私は大人しく頷くことができたのだろうか？

それともそんなことを言われたら、はっきりと彼を振り切ってしまうのだろうか？

ありもしない〝もしも〟をこねくり回しても、結論が出るわけじゃない。

今はとにかく、日が暮れて門が閉まる前に覚悟を決めなければならないのだ。

だが、そんな私の苦悩に意外なところから救いの手が差し伸べられた。

「おやおや、いつまでそう棒立ちになっているつもりですか？」

壁に向かって立つ私たちの後ろから聞こえてきたのは、どこか面白がるような意地の悪い声だ。

そして私は――私たちはその声に聞き覚えがあった。

「クィン！」

振り向くと、そこには思った通りクィンことクェンティン・ケントルムが立っていた。魔王を倒すために共に旅した最後の一人である。

「やあ、ふた月ぶりですか。今生《こんじょう》の別れのつもりでしたが、意外に早い再会でしたね」

薄紫色をしたぼさぼさのくせっ毛に、丸眼鏡の奥にはアメジストのような美しい目を持つ。

一見すると野暮《やぼ》ったく見えるが、その顔は品よく整っている。手には魔導士らしく杖を持ち、見覚えのない銀の刺繍が入ったローブを纏っていた。髪こそぼさぼさだが、以前よりだいぶ身綺麗になった気がする。

彼は興味があることにとことん熱中して、寝食や身だしなみを忘れてしまうタイプなのだ。

「どうしてここに？」

突然の仲間の登場に驚いて尋ねると、クィンは不敵に笑った。

「グランシアから使者を向かわせるという手紙が来たのに、肝心の使者がいつまで経ってもやってこないので迎えに来たのですよ」

どうやらグランシア王は、私たちに先行して使者を送る旨をグラン・テイル魔導国に知らせていたようだ。

だがそれでどうしてクィンがここに来ることになるのか。

不思議に思い首を傾げていると、クィンはそんな私の反応など構わず手にしていた杖を天に掲げた。

「さて、それでは転移で急ぎ城へと参りましょうか」

「ま、待って！　私たちまだ検問を通ってないの。それにライナスが……」

性急なクィンを、私は慌てて止めた。

当然彼も、ライナスが魔族であることは知っているはずだ。ゆえに首都に入れないことも。だというのに、クィンはちっとも困った様子がない。

「ご心配なく、あなた方は〝私の〟客として特別に許可を出しましたから。魔族だろうが聖女だろうが問題ありません。ただ、ライナスには力を制御する魔術を使わせてもらいますがね。構いませんか？」

クィンの問いに、ライナスは黙って頷いた。

「は？　それってどういう――」

言葉の意味を説明する前に、クィンは掲げていた杖の先で地面を叩いていた。

すると、それに呼応するように地面に光る魔法陣が現れ、その眩しさに目がくらむ。

視界が失われてどれくらい経っただろうか。光が消えたと思ったら、そこはもうさっきまでの城壁の外側ではなかった。

「ようこそいらっしゃいました。グラン・テイル魔導国の首都エリピアへ」

見たこともない半透明の石でできた建築物。まるで西洋の大聖堂のように柱は緩やかなカーブを描き、天井で交錯する。一体どこまで続いているのか、無数の柱で支えられた屋根の下は、どこまでも似たような空間が続いていて遠近感が掴めない。

私は思わず、隣にいたライナスの裾を掴んだ。

こんな場所に一人で迷い込んだら、もう二度と出られないんじゃないかという恐怖を覚えたせいだ。

「ここは、一体……」

目の前に立つクィンは、相変わらず不敵に微笑んでいる。

そして彼が放った一言は、私を驚かせるのには十分すぎるものだった。

「ようこそ〝我が〟城へ。歓迎しますよアズサ、ライナス。グラン・テイル魔導国で首相などをやっている、クェンティン・ケントルムです」

そう言って、彼はまるで悪戯が成功した子供のように満面の笑みを浮かべた。

信じられない。その一言に尽きた。

だって私たちは、クィンがグラン・テイル魔導国の人間であることすら知らなかったのだ。

そんな彼がまさかその国の首相になっているだなんて、考えもしなかった。

私は何を考えているか分からないクィンの不敵な笑みを見上げて、ただ唖然とするより他なかった。

＊＊＊

「ややや、とは言ったものの、まだまだ新米でね」

ははははと笑いながら、クィンは私たちに手ずからお茶を淹《い》れカップを滑らせた。部屋は先ほどとは打って変わって、温かみのある応接間といった感じだ。

後から聞いたところによると、なんでもさっきの無限回廊は城に転移した者が自動的に転移させられる場所なのだそうだ。正しい道筋を通って抜けないと、永遠にあの中をさまようことになるらしい。

そんな恐ろしい場所にいたのかと思うと、かなりぞっとした。

だがクィン自身はなんでもない顔で道を進み、この応接室まで案内してくれたのだが。

それにしても城の中という割に、先ほどからほとんど人に会わない。唯一クィンの秘書官だと名乗る人物に会ったが、それも一瞬のことだった。

「ねえ、本当にクィンが首相なの？　また嘘ついてない？」

なにせこのクェンティンという男は、人を驚かせるためならば法を犯すことも辞さないという危険思想の持ち主なのである。

勿論道徳から外れるようなことはしないが、例えば持ってみろと言われた石が突然爆発したり──怪我こそしなかったが──ライナスに化けた上で実は自分は女なのだと嘘の告白をしてみたり、私は今まで何度もその被害に遭《あ》ってきた。

つまりこのクェンティン・ケントルムという人は、悪戯好きの子供にして最高峰の魔導士というなんとも面倒な存在なのである。

そんな男に権力など握られた日には、絶対碌なことにならない。

私にはその確信があった。

「いやあ、面白そうだから魔王討伐に参加したら、その結果先代首相の能力値超えちゃいましてね。国に帰ったら突然首相になれって言われて私も驚いているんですよ」

なんとも軽い。

本当にこれが一国の首相の言うことだろうか。

私は頭を抱えた。

どうやらこの国は完全なる実力主義であり、なおかつ人選に人格という審査項目を設けなかったらしい。

勿論私は彼のことを嫌いではないし、仲間としては頼りになると思っている。

頼りにはなるが、頼ったら最後引き換えにとんでもないものを要求されそうだ。平時ならば友人になることも躊躇《ためら》ってしまうような、そんな空気が彼にはあった。

だからその人物が国のトップと言われると、もはや不安しか抱けないのであった。

「そ、そうなんだ……」

他に何が言えただろうか。

私は所詮この国では部外者だ。大人が話し合って決めたことに、今更難癖付けるような情熱は持ち合わせていない。

「それにしても、どうしてあなたたちがグランシア王国からの使者なんて触れ込みでやってくるんですか？　確か、クレファンディウスに帰ると言っていたように記憶していますが」

「まあその、色々あって……」

あははは、と、私は乾いた笑いを浮かべた。

以前別れてから起こった出来事が濃密すぎて、なかなか一言では説明しづらい。

すると、クィンは口角を上げて意味ありげな笑みを浮かべる。

「まあ、偽物の聖女をクレファンディウスが血眼《ちまなこ》になって探しているという噂は、私の耳にも入っていますがね」

どうやらクィンは、あらかじめある程度の事情を知った上でわざわざ質問してきたらしい。

相変わらず意地の悪い性格をしている。

「って、知ってたなら聞かないでよ。そのことがあって、私たちはこのグラン・テイル魔導国にやってきたの」

「というと？」

話の途中で喉の渇きを覚えて、クィンが淹れてくれたお茶に手を伸ばす。

驚いたことに、辛くもなく甘くもなく普通のお茶だった。クィンの性格を考えたら、奇跡と言っていいかもしれない。

「そう。私たち――私は、異世界の自分の国に帰る方法を探してここに来たの。高度な魔術を誇るグラン・テイル魔導国の首相なら、どうにかできるんじゃないかと思って。グランシア王は、そのために協力してくれただけ」

一応使者という名目でやってきたので、グランシアの迷惑にならないようあくまで自分たちの事情で来たことを明確にしておく。

「帰る方法、ですか？　確かアズサを召喚したクレファンディウス王国が、魔王討伐を成し遂げた暁《あかつき》には送り返すという話だったと記憶していますが――」

事情を察しているのかいないのか、クィンは表情の読めない顔で言った。

私は胸の痛みを覚えながらも、クィンと別れてから何があったのか説明する。

ライナスと一緒にクレファンディウスへと戻ったこと。そしてクレファンディウスの王により詐欺師として断罪され、追手をかけられたこと。

今考えても、まるで悪夢みたいな出来事だ。

我ながらよく生き残れたものだと思う。現実に絶望して死を選んでも、全然おかしくない状況だった。

ライナスが一緒じゃなかったら、もしかしたらその道を選んでいたかもしれない。

それ以前に、謁見の間で捕らえられて今頃牢《ろう》に入れられていたかもしれないけれど。

「それは随分と難儀でしたねえ」

言葉とは裏腹に、そうは思っていないようなおっとりとした口調だった。

「ではどうします？　仕返ししますか？」

クィンは何でもないことのように——どころかちょっと面白がってそんなことを言う。

「え？」

「逆襲ですよ。いくらなんでも、クレファンディウスのやりようは目に余ります。ちょうどうちの国との間にもちょっとしたいざこざが起きていましてね、もしアズサがやるというのなら総力を挙げてバックアップしますよ」

「はあ？」

あまりにも予想外の申し出に、私の声は思わず裏返っていた。

「仕返しって、一体何をしろって言うの？」

「それはほら、あなたの気の済むようにするといいですよ。悪辣《あくらつ》なクレファンディウス王を裁きの場に引きずり出して断罪するもよし。それでは気が済まないというのならクレファンディウスという国名がなくなるまで徹底的に戦うもよし」

これには開いた口が塞がらなくなった。

クィンは自らの国まで巻き込んで、クレファンディウスに戦争を仕掛けようと言っているのだ。

「そ、そんなことできるわけないでしょ!? 国に住んでる人たちは何の関係もないのに、そんな……そんな……」

一体何から反論すべきなのか。

クィンがとんでもないことを言い出すのはこれが初めてではないが、これほど驚かされたのは久しぶりだ。

とにかく、絶対に彼をその気にさせてはいけない。

なぜなら、厄介なことにクィンにはその言葉を実行する力があるからだ。

「関係ないですかねえ? 彼らは魔族の侵攻にも、何もせず震えているだけでした。何の関係もないあなたに問題の解決を押し付け、今はそんなことすら知ろうとはせずただ喜びを享受している」

クィンの言葉は、まるで人間を誑《たぶら》かそうとする悪魔のそれだ。

私の脳裏に、クレファンディウスの王都で見た魔王の死を喜び合う人々の顔が浮かんだ。

あの時は、何とも思わなかった。むしろ彼らを恐怖から救うことができたのだという、充足感すら感じていた。

けれど本当に、そうだったのだろうか。

私の心には彼らを恨む気持ちが、ほんの一欠片もなかったと言えるのだろうか。

自分の気持ちが分からなくなり、私は反論の言葉を失っていた。

どれくらい黙り込んでいただろう。ふと膝に置いた手の上に、ひんやりとした手が重ねられる。

ライナスの手だ。

白くて指の長い、大きな手のひら。

「やめろクェンティン。アズサを謀《たばか》ろうとするならお前でもただでは済まんぞ」

それは感情の込もらない、平坦な物言いだった。

「謀ろうなんて人聞きの悪い。私はただ、我らが聖女の望みを叶えようと思っただけですよ。大体、あの国は無理やり押さえつけるぐらいでちょうどいいんですよ。魔王の脅威に晒される前は、たびたび周辺諸国との国境を越えて小競《こぜ》り合いを起こしていましたからね。どうせ遠からず、また似たようなことを始めるに違いありませんよ」

クレファンディウスがそんなことをしていたなんて初耳だ。

だがあの王が治める国である。そんな野蛮なことをしていたとしても全く不思議ではない。

私はもう一度膝の上に視線を戻した。

頼りない私の手を、ライナスがしっかりと握りしめている。

私はその手をぎゅっと握りしめた。クレファンディウス王への憎しみがないわけじゃない。私が経験した恐怖や辛さを思えば、あの男には罪を償《つぐな》ってほしいという気持ちが当然ある。

聖女なんて言われていても、所詮はただの人間。一皮剝けばそんなものだ。

けれど一方で、あの国にはマーサのような人もいる。

クィンは震えていただけと言ったが、彼女は彼女なりに自分の現実と闘っていたと思う。それを責められる人なんて、きっとどこにもいない。

「悪いけど、そんなつもりは全然ない。もうクレファンディウスには関わりたくない。でも気持ちは嬉しいよ、クィン。ありがとう」

まさかお礼を言われるとは思っていなかったのか、クィンは余裕の笑みから一転して当てが外れたような顔になった。

この意地悪な仲間が、私を思ってこの申し出をしてくれたことも、分かっている。

この男の優しさは、大概分かりにくいのだ。

いい年をして、クィンは目の前で照れたように唇を尖らせている。それを見て、私は思わず笑ってしまった。

「分かりましたよ。じゃあクレファンディウスについては私の好きにさせてもらいます。あなたのことがなくても、どうせまた面倒事を起こすでしょうし」

クィンは少し不貞腐《ふてくさ》れた様子で言った。

「あんまり過激なことはしないでね。私はクィンのことも心配だよ」

首相自ら先陣に立って危険なことをするとは思えないが、一応忠告しておいた。せっかく魔王討伐の旅から無事帰ったのだから、拾った命を大事にしてほしい。

「まあその件は横に置いておくとして、異世界に帰る方法についてですが……」

いよいよ話が本題に入り、私は少し前のめりになった。

握ったままになっていたライナスの手を、ぎゅっと握りしめる。

「現状……我が国であっても異世界へ行く方法というのは見つかっていません」

極めて冷静に、クィンはそう断言した。

「……っ」

自分の中で、抱いていたかすかな希望が砕け散ったのが分かった。魔導国に頼るというのが、私の中では残された唯一の希望だった。

けれど心のどこかで、私はこの結末を予期していたように思う。

というより、期待しないようにしていたという方が正確か。

帰れないと知って傷つくのは、一度で十分だった。だからもう傷つかないように、私は諦めの準備を進めていたのだ。

この世界にやってきて、二年と少しが経った。

「そっか……」

「アズサ……」

ライナスが心配そうに、こちらを見ている。

私は彼の顔を見て、そんな顔もできるんだとどこか他人事のように思った。

「まあ、なんだ。疲れたでしょう。城の中に部屋を用意させたのでゆっくり休んでください。勿論、いくら滞在してくれても構いませんので」

悪戯好きのクィンも、今回ばかりは茶化したりしなかった。

深い深い絶望を味わいながら、それでも私は心のどこかでほっとしていた。

――これでもう、期待しなくて済むのだと。

＊　＊　＊

グラン・テイル魔導国での生活は、快適の一言に尽きた。

私たちは賓客として扱われ、用意された部屋も実家のリビングが二つは入りそうな広さだった。

また、貴重とされる魔術が生活に余すことなく利用されており、その生活レベルは日本の生活とそう変わらないと言っても過言ではない。

勿論、テレビなどの娯楽は圧倒的に不足しているが、これぱっかりは仕方ない。

最初の数日は誰とも会わず部屋に引きこもって過ごし、少し落ち着いてくると部屋を出て観光したりした。

クィンは仕事で忙しいのか、初日以来会えていない。

「なんだか、未だに信じられないね。あのクィンが一国の首相だなんて」

綺麗に整備された庭園をぼんやりと眺めながら、私は何をするでもなく時を過ごしていた。隣には相変わらず、ライナスがいる。

「うむ。この国の住人は破滅願望でもあるのだろうか」

ライナスが至極真面目に答えるものだから、私は思わず笑ってしまった。

「あはは、いくらなんでもそれはひどいよ」

「だが、実際あいつはクレファンディウスとの戦争を仄《ほの》めかしていたぞ？　あれが冗談とは思えん」

「きっと他の人が止めてくれるよ……多分」

否定はしたものの、断言はできなかった。

それは多分、クィンを首相に据える判断をした人たちが、まともな考えを持つ人たちだとはとても思えなかったせいだ。

私の頭の中に、増殖したクィンが浮かぶ。

魔導国の住人が皆あんな風な変わり者だとしたら、もはや何があっても不思議ではないのかもしれない。

「も、もし戦争になりそうだったら止めよう。聞いてくれるかは分からないけど」

苦し紛れにそう提案すると、ライナスは意外そうな顔で私を見た。

「いいのか？　クレファンディウスに一番思うところがあるのはアズサだろう？」

「それはそうだけど、ほんとにもうどうでもいいっていうか、むしろ関わり合いになりたくないっていうか」

クィンに言った言葉に嘘はない。

人間怒りを通り過ぎると脱力感がやってくる。

抜け殻のような今、積極的にあの国と事を構えたいと思うような気力が湧いてこないのだ。

勿論、マーサのような人をもう戦いに巻き込みたくないという気持ちもある。

「そういうものか」

ライナスは不思議そうにしながらも、それ以上追及してくることはなかった。

私は知らなかったのだ。

その穏やかなひと時が、嵐の前の静けさに過ぎないということを。

＊　＊　＊

その男の執務室は、持ち主の性格を反映してかひどく散らかっていた。

書類や実験器具などが散乱し、とても効率的な環境とは思えない。

だが部屋の主はそれこそがいいのだと言わんばかりに、荷物に埋もれかけた椅子に腰かけゆったりとお茶を飲んでいる。

「ようこそいらっしゃいました。ライナス」

名を呼ばれ、ライナスは男に歩み寄った。

男は――クェンティンはただ午後のお茶に誘っただけだと言わんばかりに、ゆったりとした笑みを浮かべている。

ライナスはクェンティンの向かい側で同じく荷物に埋もれている椅子から無造作にのせられた書類をどかし、腰を下ろした。

アズサといる時とは違って、まるで警戒した獣のような隙のない動きだ。

――クェンティン・ケントルム。ライナスにとってその人物は、なかなかに食えない男だった。

旅の仲間に加わった時期は四人のうちでも最後だが、彼は終始異世界からやってきた聖女への興味を隠さなかった。

その熱心さは、むしろそのために仲間に加わったのではないかと思えるほどである。

ちなみに魔族であるライナスにも興味があったらしく、時々その視線を感じてはなんとも嫌な気持ちになったものだ。

アズサは気づいていないが、クェンティンの奇妙な言動は全てそのためのものである。

彼の興味は聖なる力だけに留まらず、異世界出身のアズサの性格や常識、日常的な習慣にまで及んでいた。

この男もそしてアレクシスも、ライナスはあまり好きではない。

ただ行きがかり上、共に旅をすることになった人間というだけである。

しかしアズサのすごさは、世間的に難しい性格と思われる彼や王子であるアレクシスと打ち解け、その愛称を呼ぶことを許されるまでになったことだろう。

本人は自覚していないが、彼女の善良さ、裏表のなさはある種の才能だとライナスは思う。それが異世界に住む人々に共通するものなのか、それとも彼女特有のものなのかは分からないが。

「あなたをお呼びしたのは、お聞きしたいことがあったからです」

ライナスに飲食の必要がないと知っているからか、クェンティンはすぐに本題に入った。

「聞きたいこと?」

「はい。ずばり、いつまでアズサを束縛するおつもりですか?」

質問は予想外のものだった。

「束縛? 俺はそんなことしていない」

「あなたはそのつもりかもしれませんが、あなたがアズサの判断に影響を及ぼしていることは否定できないはずです。先日の私からの申し入れの時も、誘導するように彼女の手を握っていたようにお見受けしましたが」

「誘導などしていない。俺はアズサの選択を尊重するだけだ」

「そうですか？　とてもそうとは思えませんが」

「貴様……っ」

ライナスの瞳孔が縦に割れ、肌がひりつくような殺気が部屋の中に溢れた。

普通の人間ならただでは済まないであろう状況だが、あらかじめ対策をしていたのかクェンティンは涼しい顔でお茶を飲んでいる。

「何が言いたい？」

「……私はね、アズサの話に疑問を覚えたのですよ」

質問には答えず、クェンティンは話を続けた。

「どうして未だに、クレファンディウスが無事に存在しているんだろうとね」

おっとりと、まるで天気の話をするようにその口調は何気ない。だがすぐに、ライナスはクェンティンの言葉の意味を察した。

「あなたがその場にいたのに、アズサを侮辱する者からただ逃げただけ――そんなことがあり得るでしょうか？」

ライナスは、目の前の男の顔を鋭く睨みつけた。

「本当なら、あなたはその場にいた者全てを皆殺しにすることができた。いや、普段のあなたならそうしていたはずだ。旅の間、あなたはアズサを侮辱する者を決して許さなかった。それが人であれ魔族であれ。もっとも、彼女はそんなこと気付いていませんがね」

当たり前だ。

アズサには気付かれないよう細心の注意を払ったのだから。

年端もいかぬ少女の旅路にはたくさんの危険が潜んでいた。魔族は勿論だが、問題は聖なる力の通用しない人間の方である。

彼らは親切な顔で近づいてきて、隙あらばアズサを利用してやろうと目論《もくろ》む者ばかりだった。アズサを奴隷商に売り飛ばそうとする者や、聖女として祀《まつ》り上げ富を得ようとする者。魔族のライナスですら、人間のあまりの悪辣さにほとほと呆れかえったものだ。

そんな人間たちを、ライナスは潰して潰して潰しまくった。

そしてアズサの目の光が失われることを恐れて、ライナスは彼女に一切その話をしなかった。

「まるで過保護な飼い主のようでしたね。アズサは鳥かごの中で囀《さえず》る鳥ですか」

クェンティンが皮肉気に言う。

この男のこういうところが嫌いだと、ライナスは思う。

「違う！　俺はアズサとただ一緒にいたいだけだ！」

「一緒に？　違うでしょう。あなたはアズサの希望を故意に歪めたんだ。異世界に帰れないのなら好都合とばかりに急いでクレファンディウスを出た。あなたの力があれば、王を人質にとって脅すことも、別の方法を探すために召喚の資料を持ってこさせることも、容易だったのではありませんか？　けれどもあなたはそれをしなかった。全ては彼女をこの世界に――いえ、自分の傍に縛り付けるための周到な罠《わな》だ。その証拠に、あなたは未だにアズサの傍にいるではありませんか。魔王を倒すために聖女に加勢したのでしょ？　それだったらあなたが今ここにいるのは変だ。どうして魔王城に帰って即位を宣言しないのですか。魔王は時に同族によって殺され代替わりすると、我が国の資料には書かれているのですがね？」

「関係ない。初めからそんなつもりは――」

「じゃあ、私がこの話をアズサにしたらどうなりますかね？　優しい彼女のことだ。きっとこう言うでしょう。『今まで一緒に旅をしてくれてありがとう。もう大丈夫だから、ライナスは自分の望むことをして……』とね」

「余計なことをするな！」

ライナスが吼《ほ》えた。

その姿はさっきまでの美しい青年から、猛々《たけだけ》しい獣のように牙が伸び頭からは山羊のような角《つの》が生えている。

しかしその顔は醜くなるどころか、冴《さ》え冴《ざ》えと美しいままである。

背中からは白銀の六枚羽。窓も開けていないのに、散らかった部屋の中を強風が吹き荒れる。

これこそがライナスの本性。

かつて神が愛《め》でた美しさを持つ、地に落ちた天使である。

「遂《つい》に本性を現しましたか」

クェンティンがさも楽しげに笑う。

おそらくはライナスの正体にもあたりを付けていたのだろう。まるでクイズに正解した少年のように彼ははしゃいで見えた。

「叙事詩に語られる古き蛇。それはかつて神から袂《たもと》を分かった天使を意味する。まさか生きている間に目にすることになろうとは」

あらかじめ部屋に内向きで魔術防壁を形成しておいたのだろう。もはや吹き荒れる嵐の中のような有様なのに、誰も様子を見に来る気配がない。

ライナスは歯噛みした。せっかく我慢していたのに、男がアズサとの別離を仄めかすからつい本性を晒してしまった。

何より、クェンティンの考えは正鵠《せいこく》を射ていた。

ライナスはあえて何もせずにアズサを連れて逃げたのである。

異世界へ送る方法が本当にないのかと確かめることも、そして召喚の資料を請求することもしないままに。

例えば優秀な魔導士であるクェンティンなら、召喚の詳細さえ分かれば元の世界に送り返す方法も編み出してしまうかもしれない。

そんなことをされては困るのだ。

ライナスはずっと、この世界で彼女と共にいたいのだから。

初めは倦《う》んでいた永《なが》すぎる生に終止符を打つ存在だと歓迎していた。

だが、ライナスは旅の中で彼女と共に生きたいと願うようになった。クレファンディウスへついていったのも、本当は異世界への帰還を邪魔するためだ。ライナスは最初から、アズサの手を離す気なんてなかった。

それを知れば、彼女は悲しむだろう。

「やれやれ、彼女も不運ですね。こんなにも強力な異形に執着されるとは」

「違う！　俺はアズサを守っただけだ。どこへ行けと指図一つしなかった。ただ一緒にいられたらそれでよかったんだ。それとも、傍にいることすら罪だというのか？」

「彼女が異世界への帰還を望む限り、その願いは悪であり障害になりうる。それはあなたも、分かっているのでしょう？」

そう指摘されれば、何も答えることはできなかった。

アズサの望みは、どうしてもライナスのそれとは相容《あいい》れないのである。

「説教などして、宗教家にでも鞍替《くらが》えか？」

「それもいいですね。退任したら考えましょう」

軽口を交わしていても、二人の間には緊張感が漲っている。互いに引く気がないようで、部屋の中で荒れ狂う嵐は激しさを増すばかりだ。

「何が目的だ？　こんなことをしてお前に何の得がある」

ライナスの低い問いに、クェンティンはひっそりと微笑んだ。

「私はね、異世界に興味があるんですよ。異世界出身の彼女がいれば、そしてクレファンディウスの資料があれば、こちらの人間があちらに行くことも可能かもしれない。アズサの話を覚えていますか？　魔術のない、機械によって利便性を追求した世界。私はそれが見てみたいのですよ」

「なるほど。それには俺が邪魔なわけか」

「ええ。あなたがいるとアズサはいつかほだされてしまうかもしれない。彼女は貴重な異世界転移の成功例です。彼女の協力なしには、私の計画も机上の空論になってしまいます」

ライナスは舌打ちした。

クェンティンは人間の中でも変わり者だ。無理だろうと止めたところで、諦めるとは思えない。そもそも、そんな軽い覚悟であったなら、こうしてライナスを挑発するような真似は間違ってもしないだろう。

確かにクェンティンの魔力は人間の中でも群を抜いているが、それでもかつて天の御使《みつか》いであったライナスに勝てるほどではない。

部屋に施された周到な魔術防壁がなければ、彼は今頃荒れ狂う強風によって窓の外に放り出されていたことだろう。

だが、今だけはクェンティンに分があった。

仕掛けはもう、ライナスを王都に招き入れる時から始まっていたのである。

クェンティンは魔族であるライナスを魔術防壁の中に入れる際、彼の能力を制限する特殊な魔術を施していた。

それは防壁の自動排斥機能を無効化するためのものだが、それは術を解くと同時にライナスにその機能が働きかけることを意味していた。

つまりクェンティンは、いつでもライナスを王都の外に転移させることができるのである。

「友の情けです。アズサにはあなたが自ら旅立ったと言っておきますよ」

「は！　自分を正当化するんじゃない。その方が好都合だからだろっ」

間髪いれずクェンティンが呪文を唱えると、床に魔法陣が浮かび上がり淡い光を放つ。

ライナスは己にかけられていた制御の魔術が解かれたのを知った。

するとたちまち、強力なエリピアの魔術防壁が彼を街の外へと弾き出そうとする。街一つを守るこの防壁は、数多《あまた》の魔導士の力によって支えられる、超強力な兵器だ。

これにはさすがのライナスも抵抗しきれず、たちまち彼の姿はその場から掻き消えた。

嵐のような風がやみ、クェンティンの執務室は再びただの散らかった部屋に戻る。

残された魔導国の首相は、すっかり乱れてしまったローブを軽く直すとうっすらと笑みを浮かべた。

それは勝ち誇るのとは違う、ただ夢の実現に一歩近づいたという純粋なまでに無邪気な笑みだった。

第五章　置いていかれた聖女

その日もぼんやりと過ごしていたら、忙しいはずのクィンに呼び出された。

ライナスと一緒に行こうと思ったのだけれど、割り当てられた部屋に彼はいなかった。

黙ってどこかに行くようなことはこれまでなかったので、不思議に思いつつクィンの部屋に向かう。

それにしても、このグラン・テイル魔導国の行政府はとんでもない。

クィンが〝城〟と呼ぶように、ここはもともとグラン・テイル魔導国の前身であるグラン王国の王族が住まう王宮として使われていたのだそうだ。

だがなぜかその頃から、魔力が重要視されていたこの国で徐々に王族に魔力の強い者が生まれなくなっていったのだという。

そして最後の王は、自分の子供に魔力が強い者が生まれなかったことから、王制を廃し魔力の強い者こそが元首――すなわち首相となる制度を作り出した。

禅譲王と呼ばれるその王のおかげで、グラン・テイル魔導国の今日《こんにち》の発展があるそうである。

これはクィンがつけてくれた世話役が、魔導国の歴史について話してくれた際に知ったことだ。

私はその話に耳を傾けつつ、それでもやっぱり魔力よりも人格の方が為政者には大事なんじゃゃ？と思ったりした。

そんなことをつらつら考えていたら、いつの間にか教えられていたクィンの部屋に到着していた。

コンコンとドアをノックして、了承を得て中に入る。

部屋の中には荷物が入った木箱によっていくつもの塔ができていた。まるで引っ越し当日のダンボールの山みたいだ。

そしてその塔の中心に、クィンことクェンティンが立っていた。

彼は何やら設計図のようなものを手に、部屋の中にいる他の人たちに指示を出している。

見ると木箱の開封作業を行っているようで、書類やガラクタめいた研究道具が取り出され、次々に空になった木箱が外に運ばれていた。

「ごめん、忙しかった？　出直そうか？」

呼ばれたから来たのだが、今の彼はどう考えても私の相手をしている暇はなさそうに見える。

「いや、悪いが私的な時間が今しか取れなくてね。どうせ大した用事じゃないからそのまま聞いてもらえますか？」

「うん？」

近くに置かれた用途不明のガラクタを突《つつ》いていると、クィンがさらりと聞き捨てならないことを口にした。

「昨晩ライナスがこの国を発ちました。同行者であるあなたには知らせておこうと思いまして」

私の耳は、一瞬今入ってきた情報を受け取ることを拒否した。

「なに……それ……」

あまりにも、あまりにも突然すぎる。

ついこの間まで、できることなら日本にまでついていきたいと言っていたライナスなのに。

動揺のあまり、私は突いていたガラクタをうっかり床に落としてしまった。

「ご、ごめ」

咄嗟にそれを拾い上げた自分の手が、震えていることに気が付いた。

寒いわけでもないのに、震えが止まらない。まるで突然床が抜けてしまったような心もとない気持ちになった。

こちらの世界に来てからずっと一緒だったライナスが、もうここにはいないという。

「ああ、拾わなくて結構ですよ。怪我でもしたら大変だ。用件はそれだけ。もう戻って大丈夫です」

本当にそれを言うためだけに呼んだようで、クィンは私に対する興味を失ったようだった。言葉通り忙しそうに、彼は木箱を開ける部下たちに指示を出し続けている。

「ま、待って。理由は？　どうしてそんな、突然っ」

「さあ？　魔族はそもそも気まぐれなものですし、私に聞かれても分かりかねますね。まあ、心当たりがないわけでもありませんが」

「心当たり⁉　教えて！」

「ですが、あなたに言わずにこの国を去ったのならそれが答えではありませんか？　ライナスはあなたにその理由を話したくなかったのでしょう」

クィンの言い分はもっともだった。

ライナスが何も言わずに去ったのならそれが全てだ。私に言えない事情があったのか、それとも言う必要性を感じなかっただけなのかは分からないが。

「そ、それはそうだけど！」

だが、私は素直に彼の言葉を呑み込むことができなかった。

このあまりにも突然の別れを、そこまでドライに処理することなんてできない。

なんとなく無意識に、ライナスとの別れが来るとしたらそれは日本に帰る日だろうとぼんやり考えていた。

つまりこの世界にいる間はずっと一緒だと、私は傲慢にも思い込んでいたのである。

守られるばかりで、迷惑をかけるばかりで、どうしてそんな風に思い込んでいられたのか。

一緒に日本に行きたいというライナスの言葉を頭からうのみにして、欠片も疑うことがなかった。

「ねえ！　その心当たりを教えて。違っててもいいから！」

私はどうしても理由が欲しくて、例えば別れを言う暇もないほどの事情を聞いて納得したくて、クィンに駆け寄りそのローブを掴んだ。

彼は少し驚いたように目を丸くした後、ぽんと私の頭の上に手を置いて言った。

「今は立て込んでますから、また後で。もう少ししたらまとまった時間が取れそうなので、そしたら例の異世界の研究を進めましょう。ね？」

クィンは大きめの丸い眼鏡の下に穏やかな笑みを浮かべて言った。

こうしていると、優し気な美男子に見えるから不思議だ。彼の性格からいえば、カテゴライズは確実に奇人変人の枠だというのに。

私は悄然《しょうぜん》と俯き、未だに消化しきれない衝撃と悲しみで胸がいっぱいになった。

ライナスが理由も話さず私のもとを離れたこと。そしてそれを伝聞で知ったこと。何もかもが信じられなくて、その場に蹲《うずくま》りたくなった。

ライナスがいないという事実は、あまりにも空虚で心細い。

「……分かった」

これ以上邪魔をしてはいけないと思い、私はゆらゆらとよろけながら部屋を出た。

目の前が真っ暗で、今来たばかりの道なのにどうやって帰っていいか分からない。

それほどまでに私にとってのライナスの存在は大きかった。

＊　＊　＊

毎日ぼんやりと過ごしている。

本当は考えなくてはいけないことがあるのに、心が考えることを拒否しているかのようだ。

相変わらずクィンは何やら忙しそうにしている。

一国の首相ならばそれも仕方ないのだろうが、私は本当にこのままでいいのだろうかという不安を感じている。

私は今、グランシアの城にいた頃と同じぐらい安全で静かな生活を送っている。

食事の心配も、寝る場所の心配もしなくていい。魔族や夜盗に警戒する必要もなく、世話をしてくれる人たちは皆優しい、いい人たちだ。

こんなにも満ち足りた生活のはずなのに、私の心にはがらんどうの穴が空いている。

全てはここにライナスがいないからだ。彼が突然私に何も告げず、この国から去ってしまったから。

最初の一日二日は、自分の何がいけなかったのだろうかと答えのない問いについて考え続けた。

例えば彼に頼りきりだった部分とか、旅の行先を決めるのにもっとライナスの意見を聞くべきだったただろうかとか、彼と過ごした日々を思い返しては、自分のよくなかった部分を洗い出した。

三日目になると、猛烈な怒りが湧いてきた。

あんなに一緒にいたはずなのに、去るにあたって伝言一つ残さないのは何事かと。

せめても最初に言っておいてくれたら、いなくなる可能性があることを少しでも話してくれていたら、きっとこんなにも傷つくことはなかっただろう。

私は既に、傍らに彼の存在があることを当たり前として考えていた。

それは本当はとても贅沢なことだったのに、日本に帰ることばかりに汲々《きゅうきゅう》としていて周りを見回す余裕がなかったのだ。

彼は、いつから離れようと決めていたのだろうか。この首都エリピアに入った時には既にそのつもりだったのか、それとも何か危急の事態が起きてここを離れざるを得なくなってしまったのか。

四日目には怒りも萎んで、ライナスなんかいなくても平気だと開き直ろうとした。

けれど五日目にはやっぱり無理だと気が付いて、この穴を埋めるのは並大抵ではないと知りため息を零すのだった。

そして、エリピアに滞在してからひと月ほど経ったある日、久々にクィンからの呼び出しを受けた。

呼び出されたのはライナスが去ったことを告げられた時以来だ。

あれ以来何度も彼に会おうとしたのだが、頼んだ取次ぎも追い返されるばかりではっきり言えば困惑していた。

ライナスがいない今、この国での知り合いは彼一人である。

寂しさに負けて、グランシアに戻ろうかと考えたことも一度や二度ではなかった。

けれどグランシア王国の王都クリーディルまでは徒歩でひと月歩かねばならず、ライナスの護衛もなしにその旅路を行くのは無謀というほかない。

国を渡り歩くキャラバン商隊に雑用として入れてもらうことも考えたが、そもそも交易が許された商人が少ないため、クリーディルに向かう商隊も最短でふた月先の出発になるとのことだった。

忙しくしていればライナスのいない辛さも考えずに済むのに、エリピアでの怠惰《たいだ》な生活はそれを許してはくれなかった。

時折、クィンの助手だという人が異世界から持ってきた物を貸してほしいとか、召喚の時に見たものを教えてほしいとか言ってやってきたけれど、客と言えばそれぐらいで、他にはやりたいこともやらなければいけないこともないのだった。

クィンに呼び出された時、私は今の生活の不満をぶちまけてやると決心していた。

そりゃあ、衣食住には申し分がないが、このまま飼い殺しにされるぐらいならこの国から出た方がましである。

このままではニートまっしぐらだ。魔王を倒したニートなんて、ラノベの題材みたいでなんか嫌だなと思ったり。

だが、クィンに呼び出された私を待っていたのは想像もしない事態だった。

「クィン！」

通された巨大な空間は、グランシア城の謁見の間よりも多分広い。

天井は見上げるほど高く、柱や壁は例の半透明の石でできている。

もしかしてここも迷い込んだら二度と出られなくなるんじゃなかろうかとびくびくしながら案内の人についていくと、やがて巨大な装置の前に通された。

なんと言ったらいいだろう。それは魔術的なものというよりも、むしろ日本で使われていた工業用のロボットなどに似ていた。

多くの部品が組み上げられ、たくさんのチューブのようなものを生やしている。

中央には巨大な光る石が埋め込まれており、その表面には何やら魔法陣のようなものが彫り込まれていた。

クィンの他にも何人か人がいて、みんなその機械に取りつきデータをとったり不具合がないか確認したりしている。

きっとこの巨大な造形物が動き出して悪と戦ったりしても、私は驚かないだろう。

「やあアズサ。お久しぶりですね」

あまり眠っていないのか、クィンの目の下にはくまが浮かんでいた。少し会わない間に痩せたようで、全体的にげっそりしている。

それなのに目だけは興奮でギラギラと光っていて、ちょっと近寄りがたい怖さがあった。

クィンに会ったらすぐに不満をぶちまけてやろうと思ったのに、私は雰囲気に呑まれてその行動を実行に移すことができずにいた。

「久しぶり。ねえ、なんなのこれ？」

私は恐る恐る、その装置を指さしながら言った。

「これですか？　これは物質をエーテル化して任意の場所で再構成する装置で、学説的にも未知のものなのですが魔術との親和性は非常に高く、理論としても完璧で世界を変える発明と言っても過言ではないでしょう。そもそも長年門外不出とされていた召喚という魔術がまさか魔力をエネルギーに変換し座標を未知なるものと指定していたことが研究を大きく進展させたわけですが、問題はそんなことではなくてなぜかの国にそんな――」

矢継ぎ早に話しまくるクィンの言葉の意味が、私には何一つ分からない。

彼は魔術研究に関することを話しているとたまにこうなってしまう時があって、放っておくといつまでも語り続けるので私はいつものように無理やりその話を切り上げた。

「はいはい、それで？　要約すると？」

「ああ、つまり分かりやすく言うとですね、これはあなたを異世界に送還するための魔術装置と言うことです」

一瞬、意味が理解できなかった。

「え？」

「おめでとうございますアズサ。あなたの故郷に帰れますよ」

多分その時の私は、とても間抜けな顔をしていたに違いない。

クィンの話は、ざっとこんな感じだった。

私の要望を受け異世界転移についての研究に本格的に着手したクィンは、まずクレファンディウス王国に働きかけ、私を召喚する時に使った術式を手に入れることにしたのだそうだ。

門外不出の技ということで最初は断られたらしいが、現在私が魔導国に滞在していることと、クレファンディウスにおける不当な聖女の扱いについて各国と連携して戦争も辞さない勢いで迫ったところ、なんとかその術式を手に入れることに成功したらしい。

ここまで聞いて私はあまりのことに唖然としてしまったのだが、この話には続きがあった。

クィンは並行してクレファンディウス王国の国王に不満を持つ層に金銭的な支援を行い、それによって反国王勢力が急速に力をつけているそうだ。

王都を集中的に警備し他の領地では満足な魔族対策を取っていなかったため、多くの貴族もこれに参加しているという。

かの国王は進退窮まっており、国の名が変わる日もそう遠くないだろうということだった。

「なんというか……それはまた」

私はクレファンディウスで暮らす国民たちのことを危惧したが、貴族たちもレジスタンスに協力しているため流される血はごく僅かになるだろうとのことだった。

周辺諸国も、王権の交代には歓迎ムードだそうだ。

多分、今までにクレファンディウス王が行ってきた無茶な進軍行為などが、他国の心証を極めて悪いものにしていただろうことは想像に難《かた》くない。

「まあそういう訳で、クレファンディウス王は最後には召喚の術式を渡す代わりにこの国への亡命を求めてきたわけですが、はてさて無事たどり着けるんですかねぇ。まあそこはあの王の運次第というところでしょうか」

召喚の術式を手に入れたからには、さもどちらでもいいと言いたげにクィンは言った。

どうやら有利に交渉を進めて転移術で術式だけ送らせたらしい。あちらから転移してくるには相応の力を持った魔導士が必要なのだが、それだけの力を持った魔導士は現在クレファンディウスにいないのだそうだ。

「あなたの召喚を行わせた魔導士は、証拠隠滅のため処分してしまったようですよ。まったく自業自得と言う他ありませんね」

その言葉に、私は随分と居心地の悪い思いを味わった。

顔も知らない上にこの世界に無理やり私を呼び寄せた張本人だが、別に死んでほしいとまでは思っていなかった。ただ魔導士まで殺していたとなると、やはりクレファンディウス王は魔王を倒した私を捕まえて殺す気だったのだろうなとどこか他人事のように思った。

確かに恨んでいたはずだが、あの王の窮地を聞いても別に喜びは湧いてこなかった。

気になるのはもっと別の、この装置が私を日本に帰すためのものだということだ。

「それにしても、随分仕事が早くない？　だってまだ私がこの国に来てひと月しか……」

「ああ、それはですね。召喚の術式には星の巡りが密接に関係していまして。どうやら異世界間の行き来が可能になる日というのがあるのだと分かったのです。あちらとこちらを繋ぐパスは非常に曖昧で、繋がっている時間も短くそのためには――」

また説明が長くなりそうなので、素早く合いの手を入れる。

「つまり、いつなの？」

「明日です」

「明日⁉」

私が驚いたのは当然だと思う。

なにせ事前のお知らせも何もないまま、いきなり異世界に帰れますなどと言われても心が追い付かない。

どうしてクィンは事前に予告しておいてくれなかったのだろう。彼の晴れ晴れとした笑顔を見ていると、私を驚かすために黙っていたようにしか思えないのだが。

「その周期がやってくるタイミングはまちまちで、次はどうやら十年後のようです。なのでどうにか間に合わせました！」

クィンはさも誇らしげに言うが、私は唖然としてしばらく声も出なかった。

まさかこんなにも突然に事態が動くなんて思ってもみなかった。

日本――私が生まれ育った国。

ずっと帰りたいと願っていた場所に、私は戻れるのだ。

だというのに、私は心底喜べない自分を持て余した。

あんなに願ってきたというのに、どうやら私はこんな気持ちのまま日本には帰れないと感じているらしい。

「待って！　でも……そんな！　急すぎる。明日だなんて」

私の反応が意外なのだろう。クィンは首をかしげて言った。

「おや？　元の世界に帰りたくないのですか？　あれほど帰りたいと言っていたではありませんか」

クィンの言い分は全くその通りで、私もどうして自分がそんな気持ちになるのか分からず混乱した。

ずっとずっと、帰りたかったはずだ。両親がいるあの世界に。

けれど、このままライナスがいなくなった理由も分からず帰るのは、どうしても嫌だった。

──だって、日本に帰ってしまったら二度とライナスには会えない。

「ねえ!?　ライナスはどこ!?　どうしても帰る前に会いたい！　一日でいいから」

私がそう言うと、クィンは驚いたように目を見開いた。

そしてブツブツと、何やら不機嫌そうに呟いている。

「計算違いだったか……」

「ねえクィン！　お願いだから」

せめて最後に一目会って、ずっとお世話になったライナスにお礼が言いたかった。

ライナスにどれだけ助けられたかということ。彼のおかげで生き延びることができたということ。

そして、クレファンディウスに一緒に行ってくれてどれだけ心強かったか分からないということ。

「心当たりがあるって言ってたでしょ！」

背伸びをしてクィンの襟元を摑み無理矢理揺さぶる。するとと寝不足らしいクィンはすぐにふらふらになりその場に座り込んだ。

「ええ、確かに言いましたよ。言いましたけどね」

もう自棄《やけ》だと言わんばかりに、クィンは大声を張り上げた。

「あの男は魔族領に戻ったんですよ。いいですか？　魔族としてあるべき場所に帰ったのです。魔族も我が国と同じように実力主義ですからね。魔族の中では魔王を倒したあの男こそが次期魔王なのですよ！」

それは衝撃的な事実だった。

以前魔王にならないのかと聞いた時、ライナスは確かに否定していた。

「そ、それならどうして、ライナスは魔王を倒した後も私についてきてくれたの!?」

「知りませんよそんなこと」

吐き捨てるように、クィンは言った。

「ああ、計算外だ。あなたがまさかライナスにそれほどまでに執着していたなんて」

彼は苛立たし気に立ち上がると、眼鏡をはずし胸ポケットから出したしわしわの布で拭いた。そして大きなため息をつく。

「せっかく心残りにならないよう排除したというのに。これでは手間が増えただけではありませんか」

あまりにもクィンが冷たい口調でそう言うので、私の背筋がぞっと冷えた。

「排除した？　一体どういうこと⁉」

すると眼鏡をかけ直したクィンは、もう私に興味はないとばかりに装置の方に目を向ける。

「あなたが帰りたくないなどと言い出さないよう、ライナスにはご退場願ったんです。なにせあなたは、しばらく会わない間に以前より彼に依存しているようにお見受けしましたので」

「そ……んな」

この時初めて、私はライナスが自分の意志でこの城を去ったわけではないと知った。

そして驚くべきことに、喜びを感じたのだ。

こんな差し迫った場面なのに、私は彼が望んで自分から離れたわけではないということがどうしようもなく嬉しかった。

それは、日本に帰れると言われた時よりも大きな喜びだった。

「ちょっと、考えさせて。何もかもが急すぎて……一人になりたいの」

そう言って、私はクィンから距離を取った。

「分かりました。城内でしたらどこにいてくださっても結構です。けれど決行が明日ということに変わりはありません。絶対に城から出ないようにお願いします」

苛立ちを抑えるように、クィンは自分の前髪をぎゅっと握り締めた。

彼の苛立ちは分かる。あれほど日本に帰りたがっていた私のために急いでこんな装置を用意してくれたというのに、肝心の私が帰ることに戸惑いを覚えているのだから。

頭の理性の部分はさっきからずっと明日帰るべきだと私をせっついている。なのにその通りに喜んだりできないのは全部、ここにライナスがいないせいだ。

私はクィンから離れ、ふらふらと歩いてなんとか広間を脱した。

あまりの急展開と、そしてライナスが自らの意思でここを離れたわけではないという事実。

それらの衝撃が大きすぎて、私の脳の処理速度は最低レベルまで落ちていた。

＊＊＊

どこをどう歩いたのかはよく分からないが、私はなんとか自分に割り当てられた部屋に帰ることができた。

明らかに様子のおかしい私を、世話を任された人たちが心配してくれる。

いつもなら心配かけまいと無理にでも元気に振る舞うのだが、今はとてもそんなことをする余裕はなかった。

それでも優しく接してくれる人たちは、多分私が明日日本に帰るかもしれないということを知らない。知っていたら少しぐらいそれらしいそぶりを見せるだろうが、彼らはただいつも通りに誠心誠意仕えてくれるだけである。

そんな人たちにまさか帰るかどうか迷っているなんて言えるはずもなく、私は一人で考えに耽《ふけ》っていた。

本心を言えば、帰るにしても最後に一目ライナスに会いたい。会って何が言いたいとかどうしたいというわけではないが、とにかくこのままお別れなんて嫌なのだ。

けれど、クィンによれば転移は明日。それを逃せば十年後だという。

クィンはライナスが魔族領にいると言っていた。ここから魔族領まではかなりある。ゆえに何度か転移を繰り返さなくてはならず、クィンにお願いしたとしても、明日までに行って帰ってくるのは絶対に不可能だ。

ならばこのまま帰るという選択肢しかないはずなのに、私は迷っている。

ライナスに会いたいという強烈な衝動に抗《あらが》うことができないのだ。

私はベッドに横になると、気を紛らわせるように日本に戻ったら何をするかを考え始めた。

今まで会えなかった分も親孝行をして、それから友達と買い物に行って、アイスクリームショップで二段重ねのアイスを食べるのだ。

それから流行の曲とかアイドルのこととか、好きな男の子の話で盛り上がり、家に帰ってお母さんの作ったご飯を食べる。

そんな何でもない日常――いや、あの頃は何でもないと思っていた幸せ。

それがもうすぐ手に入る。あの安全で優しい世界に帰れるのだ。

そう思ったら涙が出てきて止まらなくなった。私は心配してくれる世話役の人たちに一人になりたいからとお願いし、結局朝まで泣き続けた。

体は疲れ果て、失った水分を求めてからからに乾いていた。

それでも心は妙にすっきりとしていて、なんだか生まれ変わったような気持ちになった。

朝日が昇る。私にとっては運命の日だ。

両親の顔が脳裏に浮かぶ。

一睡もしていなかったが、私は返事を待っているであろうクィンのもとに向かうべく、まずは顔を洗うことから始めたのだった。

＊　＊　＊

あれからどれくらい経っただろうか。

魔王の城の玉座に座り、ライナスはぼんやりと考えた。

エリピアの魔術防壁に弾かれてから、ライナスはしばらくエリピアの近くにいたが、アズサが出てくることはついぞなかった。

もしかしたら、クェンティンの研究の甲斐《かい》あって既に異世界に帰ってしまったのかもしれない。

そう考えると、胸が締め付けられるように痛んだ。

しばらくしてライナスはエリピアを離れ、そして久方ぶりに魔族領に戻った。

すると魔王を倒したという理由で魔王に祀り上げられてしまい、以来こうして玉座に座りぼんやりと考えに耽っているわけである。

前魔王が扇動していた魔族たちは現在落ち着きを取り戻しており、率先して人間を襲う者はいなくなっていた。

今は荒れてしまった畑を耕したり、先代魔王の在位中にダメになってしまった人間との交易を復活させようと尽力している最中だそうだ。

魔族の性質というのは、当代魔王の人格によって大きく変わる。

そう知識としては知っていても、アズサと一緒に魔族と戦ってきたライナスからすれば、その変化はまるで凶暴な肉食獣が穏やかな草食動物に変わってしまったかのようだ。

旅のさなかに、前魔王からけしかけられた凶暴な魔族たちを次々屠ったことも、決して無関係ではないだろうが。

おそらくそれによって、魔族の中の種族の比率が大きく変わってしまったに違いない。凶暴な魔族は死に、戦いにあまり向かない種族ばかりが多く生き残ったのだろう。

宰相を名乗る魔族の男は、魔王を殺したライナスを恨むでもなく、むしろ次の魔王が権力に無関心で嬉しいと笑った。

どうやら権力志向の前魔王に、よっぽど苦労させられたらしい。

男は魔力こそ低いが、非常に賢く国の復興を進めるのには適していた。いっそお前が魔王になればいいと言ったら、そんな面倒な役割はごめんだと笑顔で断られてしまった。

アズサのいないライナスの日常は、彼女に会う前の色あせた日々に戻ってしまったかのようだった。

せめて彼女がこの世界にいるかどうかだけでも知ることができたらと思ったが、もしまだいると分かったら絶対に会いたくなってしまうので、分からないままの方がいいのだと自分を無理やり納得させた。

最初はライナスを怖がっていた魔族たちも、ライナスが横暴な王ではないと知ると次々に困り事を陳情しにやってきた。

それは家畜が凶暴化して手が付けられないだとか、吸血鬼が貧血になっているのでどうにかしてほしいなどという緊迫感のないものが多かった。

いや、緊迫感がないなどと言ったら吸血鬼に怒られてしまうかもしれないが、とにかくもう一度人間の国に攻め込もうという者は誰もいなかった。

聖女に味方したライナスに気を遣っているのかもしれないが、今や魔族領とは思えないほど牧歌的でのんびりとした日々だ。

宰相が優秀なので、ライナスがするべき仕事も少ない。

ゆえにアズサのことばかり考えてしまう。いっそ考えない方が楽かもしれないと思うのだが、気が付くと考えているのでもうどうしようもない。

もう彼女と離れ離れになってどれくらい経ったのか。ライナスは彼女と離れてからの日々を数えることをやめていた。

そんなある日のことだ。

のどかな魔族領に騒ぎが起きた。

なんと勇者が攻めてきたというのだ。

なんだそれはとライナスは思った。なぜなら彼も勇者と呼ばれる者の一人であったからだ。

誰か昔馴染みが会いに来たのかとも思ったが、そんな暇のある者はいそうにない。

アレクシスは一国の王子だから国を離れることすらままならないだろうし、ターニャは冒険者を続けるとは言っていたが特にライナスと親しいわけでもない。

クェンティンはもってのほかだろう。なにせライナスをエリピアの外に弾き飛ばした張本人なのだから。

では彼ら以外の新たな勇者がやってきたのだろうか。

だとすればライナスは戦わねばならない。建前上は魔王であるし、勇者が来たからには自分の命のために迎え撃たねばならないだろう。

いっそ勇者に打ち取られてしまえばこんな苦悩もなくなって楽になるかもしれないと思ったが、人間に安易に殺されるというのはそれはそれで癪《しゃく》だった。

伝令役の巨大うさぎが、興奮して鼻をひくひくさせながらライナスを急《せ》かしている。

「魔王様！　こちらです！」

魔族領にはこういう賢い動物も住んでいるのだ。アズサが見たら喜ぶかもな、とこの期に及んでもまだ彼はアズサのことを考えている。

こん棒で武装したオークが、森の中から不安そうにこちらを見ている。

巨体を持ち人間界では凶暴で知られる彼らが、実は自然を愛しそれを踏み荒らす人間を撃退していただけだと知ったらどれほどの人が驚くのだろうか。普段の彼らは極めて温厚でむしろ性格は気弱なぐらいだ。

だがそんなことを考えている場合ではないと、ライナスは首を振った。

気弱なオークに気を取られて勇者に討ち取られるなど冗談ではない。自分がそう簡単に死ぬとは思えないが。

そしてそんなライナスの目に、信じられないような光景が飛び込んできた。

「ライナス！」

そこに立っていたのは、エリピアで別れたはずのアズサだった。くたびれた旅装に身を包み、まるで旅をしていた時とそっくり同じ格好でそこに立っている。

「ア……アズサ？」

ライナスは最初、サキュバスやピクシーの悪戯を疑った。

だが目の前のアズサは記憶の中の彼女と全く同じで、その顔には泣き笑いのような表情が浮かんでいる。

「やっと……やっと会えた！」

彼女はそのままライナスに駆け寄ると、その勢いのままで抱きついてきた。

驚いたのはライナスである。転移のためにライナスの方から彼女を抱き寄せることはあっても、アズサの方から抱きついてきたことは今まで一度もなかったからだ。

しばらく呆然としていたライナスは、慌てて彼女を引き剥《は》がし肩に手を当ててじっと彼女の顔を見つめた。

まさか引き剥がされるとは思っていなかったのか、アズサは驚いたような顔でライナスを見上げている。

「やっぱりサキュバスやピクシーの仕業《しわざ》なのか？」

本物であってほしいと願いながらライナスが尋ねると、途端に目の前のアズサの顔が熟《う》れた果実のように赤く染まった。

「サ、サキュバスなんて、いくらなんでもひどいよ！」

恥じらいつつ反論を口にする拗《す》ねたような顔は、まさしくライナスの知っているアズサ本人に思えて仕方ない。

「すまない……いや、だが本物のアズサはエリピアに……いや、もう異世界に帰ったのでは」

戸惑いながら尋ねれば、怒っていたアズサの口元がふっと笑み崩れた。

「そうだよ。そのはずだったのに……勝手にいなくなったお人好《ひとよ》しの魔族を追いかけて、こんなところまで来ちゃったんだよ。だから責任取ってよ」

そう言って、アズサはもう一度ライナスに抱きついた。

ライナスは彼女の小さな体にそっと両手を回すと、まるで少しの力で壊れてしまう割れ物のようにそっと抱きしめた。

あたたかな鼓動や、鼻をくすぐる匂いは間違いなく彼女のものだ。

ライナスはずっと霞《かすみ》がかっていた思考がゆっくりと晴れていくのを感じた。

まるで夢から醒《さ》めたような気分だ。

かつて天使であったライナス。それが神によって地に堕とされて以来、これほどの喜びを感じたことが果たしてあっただろうか。

生に飽きて現世という牢獄で暮らす囚人のような己の生に、アズサは一筋の光のような希望を与えてくれた。

彼女こそがライナスが現世に留まるためのよすがだった。

「夢でもいい。アズサ。ずっと会いたかった。もう離れたくない。どうか異世界に帰らないでくれっ」

ようやく本音を言うことのできたライナスに、アズサはまた泣きそうになりながら困ったように笑った。

「少なくとも、あと十年は帰れないよ。クィンにも馬鹿だって言われた。でも私も、ライナスと一緒にいたいって気づいたんだ。日本に帰って知らない誰かに恋をすることより、この世界でライナスに恋がしたいって分かったんだよ」

それはあまりに甘い言葉だった。少なくともライナスにとっては、今まで願うことすら許されなかった福音だった。

ライナスの手に力がこもる。

「十年と言わず、ずっと傍にいてくれ。もう俺は自分を偽らない。お前の傍にいられるなら遠慮もしない。俺はお前が好きなんだ」

やけに遠回りをして、ようやく真実にたどり着いた。

もしかしたら目を奪われた出会いの瞬間に、全ては始まっていたのかもしれない。

ただライナスが恋というものを知らなすぎて、その執着を妙にこじらせてしまっていただけで。

「私も好きだよ。そうじゃなきゃわざわざここまで会いに来たりしないんだから」

少し怒ったように、アズサが言った。
そしてライナスは、いつまでも愛《いと》しい彼女のことを抱きしめ続けていた。

第六章　聖女の決断

クィンに馬鹿だなんだと罵倒されながら、転移のチャンスを蹴って私はライナスに会うため魔族領へと向かった。

勿論、自分一人の力では魔族領までたどり着けないので、途中まではクィンに転移で送ってもらった。

一国の首相にそんなことをさせるのは申し訳なかったが、彼は彼でライナスを追い出してしまったことを少しだけ後悔しているらしい。

「まさかあなたがこんなに馬鹿だとは思いませんでしたよ」

「せっかくのチャンスをふいにするなんて」

魔族領に着くまでの間、クィンは何度もこちらに残る決心をした私のことを詰《なじ》った。

でもそれは、私のことを心配してくれているからだと分かったので別に腹は立たなかった。

エリピアには転移を使える魔導士がたくさんいるのに、わざわざ自ら送ってくれたのがその証拠だろう。

魔術研究にしか興味がないような顔をして、彼も一応私のことを仲間として認識してくれていると分かりちょっと嬉しくなった。

もっとも、それでにこにこしていたら「何締まりのない顔をしているんですか」って怒られたんだけれど。

変わり者というよりも、近頃は口うるさいお母さんのように感じられる時まである。

クィンにそんな常識があったのかと、仲間の新たな一面に触れた気分だ。

そして魔族領との国境までやってくると、さすがにこれ以上は国を空けられないということでクィンと別れ、私は一人で旅を続けた。

一人でこちらの世界に放り出された直後だったら、恐ろしくてこんなことともできなかったに違いない。

けれど今では、旅のやり方も大体のことは分かっている。

聖なる力さえあれば魔族に囲まれても対抗できるし、最悪捕まって魔王の城に連れていかれたらライナスに会えるかもしれないので問題はない。

そして実際、魔族領へ入ってからの旅は人間の旅のそれと比べてはるかに安全であった。

なぜなら人間の盗賊がいないからだ。そもそも私は聖なる力によって守られているので、低位の魔族では近寄ることもできないという。

だが、どうも旅が快適な理由はそれだけではないような気がした。

なんと言うか、以前に来た時と比べてはるかに平和的と言うか、そういえばクレファンディウス王国で見たような魔素だまりも見かけない。

ただただのどかな草原が、延々と続くのみである。

以前は魔王を倒すという目的で決死の覚悟で通った道だ。当時の記憶とあまりにも違いすぎて、正直拍子抜けしてしまう。

死地に赴くというより、ピクニックに向かうと言った方が似合いの風景である。

そして私のことを恐れているのか、魔族も動物も一向に出てこない。まるでこちらの方が村を荒らす鬼にでもなった気分だ。

私はそんな道のりを歩きながらも、もしライナスに再会したらなんと言おうかずっと考えていた。

まずは今まで一緒にいてくれたお礼が言いたい。一人になってようやく、彼の大切さやずっと一緒にいてくれたことがどれだけ心強かったかということが分かった。

それまでは、分かっているつもりで本当は分かっていなかったのだ。

クレファンディウスの騎士に裏切られた後、絶望しながらも足を止めることができずにいたあの時。

一番最初は銀髪に金目という見たこともない彼の外見に、なんて美しい生き物だろうと思い、旅に同行したいという彼からの申し出には更に驚かされた。

世界中から見放されたような気持ちになったあの時、ライナスがいたからそれでも諦めず前に進み続けることができたのだ。

だけどいつしか、彼が傍にいることが当たり前になっていた。

魔王を倒してからも一緒についてきてくれる彼を、どこか当然のように思っていた。

いつも無表情で、世間知らずで、怒ると怖いライナス。私が困っていると自然と手を差し伸べてくれる優しさを持っている彼。

ライナスがいなくなることなんて考えられなかった。

どうしてそんな風に思えたのだろう。

だって私とライナスが過ごした期間なんてたったの二年で、彼にはこの世界でそれより前に暮らしていた場所があったはずなのに。

クィンにライナスは魔族領にいるだろうと聞いた時、初めてそのことに思い当たったのだ。彼に帰る場所があるということに、なぜか衝撃を受けている自分がいた。

口下手なのに精一杯一緒にいたいと伝えてくれるライナスに、今まで自分は何を返してきただろうか。

いつも日本に帰ることを夢見ながら、はっきりとしたことは何も言わなかった。なのにライナスは、ずっと傍でそんな私のことを支えてくれたのだ。

だから今は、どうしてもお礼が言いたかった。

そして叶うのなら、私もずっと傍にいたいのだということを。

だけど勿論、不安もある。

それはもしライナスに会って、一緒にいたいと告げても、拒絶されてしまう可能性だ。

もうライナスにはふた月近く会っていないのである。そうしている間に彼の気持ちは変わっているかもしれないし、もしかしたらクィンの庇護下で安穏と暮らしていた私に怒っているかもしれない。

本当なら彼がいなくなってすぐに探しに行かなくちゃいけなかったのに、今更行ってももういらないと言われるかもしれない。

もしそんなことになったら、次に異世界転移できる十年後まで一体私はどうやって生きればいいのだろう。

生きていくだけなら何とかなるかもしれないが、ライナスがいない生活など考えられない。

きっとその可能性も含めて、クィンは私のことを馬鹿だと言ったのだろう。私も自分で自分のことを馬鹿だと思う。

それでもやっぱりライナスに会いに行くことしか選べなかったのだから、仕方ないと言えば仕方ないのだけれど。

そうこうしていると、遠くに小さな森がありそこにオークが何匹も隠れているのが見えた。

いや、隠れているつもり——なのだろう。大きな体を小さくして木の陰からこちらを窺《うかが》っているようだが、はっきり言って木の陰に全く収まっていない。ただの木の向こうでかがんでいるオークに過ぎない。

私は彼らがいつ襲ってきてもいいように足を止めて身構えたが、オークたちはどれだけ待っても一向に襲い掛かってこなかった。

ただじっと、時には怯えて私のことを監視し続けている。そんな風にされると、まるでこちらが悪者みたいじゃないか。

そこを通してくれたら危害を加えるつもりはないと伝えたいが、果たしてうまく伝えられるかどうか。

オークは言葉が通じない。高位の魔族なら言葉が通じることもあるが、少なくともオークと意思の疎通ができたことはない。

どうしようか決めかねていると、今度はその森から巨大なうさぎが飛び出してきた。日本のうさぎを十倍ぐらいの大きさにしたような、可愛らしくも迫力のある外見である。

やけに慌てている様子なので何事かと見ていると、まるでうさぎに導かれるように背の高い人影がこちらに近づいてきた。背中には羽があり、頭には二本の角が生えている。

咄嗟に身構える私を、森から出てきたその人は驚いたように見つめた。

そこにいたのは一度戦場で見たことのある、魔族の姿をしたライナスだった。

＊＊＊

さて、私は魔王が治めていた魔族領にやってきた。

そこで無事探し求めていたライナスと再会し、互いにずっと一緒にいたいと想いを交わすことができた。

日本へ帰れない上に、ライナスとも二度と会えないという最悪な結末は回避されたわけである。

あの後、私はライナスに横抱きにされ、そのまま魔王城へと転移した。

かつて魔王と対決した因縁の場所である。

そしてこの場所に来たということは、やはりクィンの言っていたことは間違いではなかったのだろう。

「ねえ、やっぱりライナスが今の魔王なの？」

殺風景な謁見の間にポツンと玉座が置かれていた。

以前の魔王は見上げるような巨大な魔族だったので大きな玉座だったが、今そこに置かれているのは人間サイズのそれだ。飾り気もあまりない、玉座と呼ぶには寂しすぎる椅子である。

「クェンティンに聞いたのか？」

ライナスの声は、どこか不機嫌そうだった。

自分をエリピアから追い出したクィンのことを、やはりよくは思っていないらしい。

私がその質問を肯定すると、ライナスは黙って私を抱き上げたままその椅子に座った。やはり彼が今の魔王ということで間違いないらしい。

「ライナスが魔王か〜、なんか変な感じだね」

「いやか？」

ライナスは魔族としての本性を晒しているからか、以前よりも感情表現が豊かだ。まるで飼い主の動向を窺う犬のように、不安そうな顔で私を見つめている。

「嫌じゃないよ。ただ、不思議な感じがするだけ。ねえ、魔王ってどんなことするの」

尋ねると、ライナスは安心したのか口元に小さな笑みを浮かべた。

「じゃあ、宰相を呼ぼう」

「え？」

止める隙もなく、ライナスがパチンと指を鳴らした。

すると両開きの大きな扉が開いて、そこから二足歩行の眼鏡をかけて燕尾服を着込んだ山羊が進み出てきた。

これにはさすがに驚き、咄嗟に言葉が出ない。

私が知っている獣人という種族は、もっと人間に近い外見をしていたはずだ。例えば耳や尻尾のみ動物とか、そういう混ざり方をしている場合が多い。

「お呼びですか？　魔王陛下」

しかし山羊は私の常識をどんどん覆《くつがえ》して言った。彼の顔は山羊そのものだし、手にも山羊らしく蹄《ひづめ》がついている。

彼は玉座の前で立ち止まると、その場に跪いて見せたのだ。

「宰相。アズサが魔王の仕事について知りたがっている。説明しろ」

ライナスの返事に、私ははっと我に返った。

今まで二人きりだから何とも思わなかったが、山羊といえども第三者が来たのなら姿勢を正すべきだろう。このままでは私にとってもライナスにとってもよくない――はずだ。

「ラ、ライナス。ちょっと下ろしてっ」

「このままでも話ぐらい聞けるだろう？」

「話を聞くなら、ちゃんと立って話したいよ！　宰相さんとは初対面だし……」

初対面の印象がずっとライナスに抱っこされていた姿だなんてあんまりである。今からでも体面を取り戻すべくあがいてみるが、肝心のライナスが離してくれないのでなかなか起き上がることができない。

「嫌だ。せっかくアズサに会えたんだ。そんなことを言うなら宰相は下がらせる」

「ライナスが呼んだんだよ⁉」

そもそも、私は魔王の仕事について尋ねただけなのに。

おそらく彼もまだ魔王になったばかりで仕事内容について詳しくないから呼んだのだろうが、それならば私だってできるだけきちんとした格好でそれなりの態勢を整えてから彼を出迎えたかった。

なにせ私は、もうずっとライナスと一緒にいると決めたのだ。ならば彼と仕事上の関わりがある相手にだって、よく思われたい。

だが、ライナスはそんな微妙な乙女心など理解しようとはしなかった。

「俺はずっとこうしていたい。だめか……？」

またも、ご主人の表情を窺う大型犬のような顔をする。その顔をするのはずるいと、私は心底思う。

「そりゃ、私だってライナスに会えて嬉しいけど、それとこれとは話が……」

そんな不毛なやり取りを続けていると、しびれを切らしたのか山羊の宰相が口を開いた。

「わたくしは気にしませんので、聖女様におかれましてはどうぞそのままでお聞きください。魔王陛下が何かを望まれるのは珍しいことですので、わたくしも陛下の意向に沿いたいと存じます」

山羊宰相があまりに流暢《りゅうちょう》に喋るので、私は思わず彼を凝視してしまった。

「ほほ、山羊の獣人が珍しいですかな？」

「ご、ごめんなさい」

「いえいえ。実際私のような獣人はあまりおりませんからな。慣れております」

やはり、この宰相は普通の獣人とは少し違う存在らしい。

「あの、そういえばどうして私が聖女だって知ってるんですか？」

私はまだ名乗っていない。なのに彼は、私が聖女だと言い当てて見せた。

「はい。先の魔王様にもお仕えしておりましたので、魔王討伐の折にもこの城におりました」

「それは……」

なんと返していいか分からず、私は言いよどんだ。

それが本当であれば、私は彼の元主《あるじ》を倒してしまったことになる。

だが、宰相からは私を恨んでいるような様子は微塵《みじん》も感じられなかった。

「フォッフォッ。先の魔王陛下は人間界侵略に意欲的な方でしたのでな。わたくしは王を諫《いさ》めて牢に繋がれていたのですよ。聖女様が攻め込まれました騒ぎに乗じて脱出いたしましたが。ですから聖女様や今上陛下をお恨みするようなことはありません」

穏やかな物腰だが、なかなかに苛烈な性格の宰相らしい。

見た目からその年齢は窺い知れないが、経験豊富な宰相であるということだけはよく分かった。

「――宰相。俺の仕事は何だ？」

自分が蚊帳《かや》の外にされたのが気に喰《く》わなかったのか、ライナスが私たちの会話を遮《さえぎ》って言った。

もともとの本題はそちらなので、話が本筋に戻っただけではあるのだが。

「陛下の仕事、でございますか。魔王という存在は、いらっしゃるだけでよいのです。玉座にいらっしゃるだけで魔族領の魔素や気候が安定し、領民の生活が楽になるのです。魔王というのは魔族領において絶対の存在でございます。新たな魔王が即位なさいますと、領民はその影響を受けて穏やかにも凶暴にも変化いたします。今魔族領が落ち着いているのは、ひとえに今上陛下のおかげなのでございますよ」

宰相は、すらすらと意見を述べると白く長い髭を蹄の手で器用に撫でた。

「そういうことだ。では宰相下がれ」

「は」

「え⁉　ちょっと待って！　いくら何でも急すぎるでしょ」

目的を終えたら即座に宰相を追い返そうとするライナスを、私は即座に止めた。

今の話にも気になることはいっぱいあるし、この宰相にはもっと聞きたいことがある。

だが私の反応にライナスはまた不満そうな顔だ。どうやらよほど二人っきりになりたいらしい。

「聖女様。お呼びがあればまたいつでも参りますので、今は魔王陛下との久闊《きゅうかつ》を叙するのがよろしいかと。陛下もしばらくすれば落ち着きましょう」

そう言って、なんでもお見通しだと言わんばかりに山羊宰相は広間を出ていった。

ライナスの我儘に付き合わせたと思うと、なんだか申し訳ない気持ちになる。その原因が私なので、なおのこといたたまれない。

けれどそんな中で、もう一つ思うことがあった。

以前より随分と平和的になった魔族領。その原因はライナスが即位したことにあったのだ。

「ライナス。私ね、ここに来るまで驚いたんだよ。魔族領が前と全然違ってて、魔族も獣人もみんな仲良くのんびり暮らしてて、ああいいなあって思ったんだよ。だって一人で旅できるくらいだったんだもん。ライナスのおかげだったんだね。ライナスが王様になったから、皆優しくなれたんだね。宰相の話を聞いて、私はすごく誇らしかったよ」

戦えば無類の強さを誇るライナスだけれど、彼の素晴らしさはそんなところではないのだ。分かりにくいけど、本当は優しいところ。座っているだけでいいはずなのに、私のような侵入者を見に来たところ。

きっとこの国にとって、ライナスはいい王様なのだろう。

それが嬉しい。

人間の世界でどこか生きづらそうにしていた彼を、魔族たちが歓迎しているようで嬉しい。

本当は、少し心配だった。前の魔王を倒した私たちだからこそ、復讐されるんじゃないかとか、ライナスも狙われてるんじゃないかとか、そんなことを考えたこともあった。

けれどここに来て、それが杞憂《きゆう》だと分かった。

魔族たちは生まれ変わったのだ。もう私の知っている彼らじゃない。彼らは新たな王を戴《いただ》いて変わったのだとはっきり分かった。

＊　＊　＊

――そんな風に思っていた時が、私にもありました。

いや、基本的に考えは変わっていない。確かに魔族は穏やかになった。

魔族領に来てひと月。そのことを改めて実感する日々である。

私は現在、ライナスの客分として魔王の城に滞在している。なにぶん魔族のための城なので、人間が暮らすには色々と不便なこともある。

けれどそれは、ライナスにつけてもらったメイドさんの努力や、宰相さんの采配によって気にならない程度のことだ。

むしろ、突然押しかけてきた私に、魔族たちは驚くほどよくしてくれる。彼らを敵として戦っていた日々を思うと、少し心が痛くなってしまうほどである。

「アズサ様は少し真面目すぎます」

人狼であるメイドのミーアが、その魅力的な尻尾を膨らませて遺憾の意を表明していた。

「それに控えめ過ぎますわ。もっと堂々と、ライナス様に望まれた妃だという顔でいらっしゃればよろしいのです」

ミーアの隣では猫族であるリリーが、黒くて細い尻尾を揺らめかせながら言った。

彼女たちはライナスがつけてくれたメイド兼護衛で、二人ともすらりとした美人だ。

どちらも人狼族や猫族の中では名うてのハンターで、戦闘能力も申し分ないらしい。

らしいというのは、未だに二人が戦っている姿を見たことがないからである。護衛と言うと物騒だが特に危険なことはないし、この城で働く魔族たちも皆穏やかでいい人たちだ。

では、どうして二人に真面目だとか控えめすぎると注意を受けているのかというと。

それは偏に、私とライナスの仲がちっとも進展していないからであった。

お互いに好きだと伝え合ったはいいものの、それだけである。

私は完全なる恋愛初心者だし、ライナスも抱きついてきたりはするもののそれ以上のことがしたいようにはとても見えない。

はっきり言って、飼い主と大型犬みたいな関係性なのだ。

今ではライナスの〝好き〟は〝親愛〟の好きで、私の〝好き〟とは違うんじゃないかと困惑する日々を送っている。

不安なのだがそれをライナスに話すこともできず、けれどライナスが〝察する〟なんてことをするはずがないのでどうするべきか悩んでいるのだ。

「このままあいつらを調子に乗らせていいんですか！」

「そうですよ。ライナス様にはアズサ様がいらっしゃるというのに、あの方たちは本当に下品で嫌になりますわ」

そう。まだ想いを伝い合ってひと月。ただ進展しないだけなら、こんなにも悩むことはなかったかもしれない。

けれど私は今問題に直面していて、メイドたちはその問題について苦言を呈しているのである。

その問題は何かというと——つまりはライバルたちの出現であった。

＊＊＊

「魔王陛下。襟が曲がっておりますわ」

「なんて素敵な六枚羽。陛下こそ魔王の中の魔王ですわ」

右から順に、夢を渡り男性を誘惑するサキュバス、美しい歌声を持つセイレーン、詩作の才能と引き換えに精気を吸うリャナンシー、木の精霊であるドライアドが押し合いへし合いしながらライナスを取り囲んでいる。

彼女たちは人を誘惑する性質を持つ魔族の娘で、それぞれに大層な美人だ。服装もきわどいものが多い。それぞれの族長が行儀見習いとして城に上げたらしいが、彼女らの行動を見るにその目的は明らかである。

一方で私はと言えば、メイドたちに見立ててもらったワンピース姿だ。一見簡素なようだが施された刺繍が可愛らしい。

髪は最近少し伸びてボブぐらいになった。もう旅をすることもないので、これから少しずつ伸ばしたいなと思っている。

そんなことを考えつつ女性に囲まれたライナスをぼんやり見ていたら、彼の方がこちらに気付き女性たちをかき分けて近づいてきた。

「アズサ！　来てたのか」

取り澄ましている端整な顔も素敵だが、その顔が私に気付いて笑み崩れるのが嬉しい。

その顔を見るたびに、ここに残ってよかったという気持ちになる。

だが一方で、ライナスを取り囲んでいた美女たちはつまらなそうにこちらを睨みつける。

ライナスは私をまるで子供のように抱き上げる。

「ちょ、いきなり持ち上げるのやめてっ」

まるで高い高いをされる子供だ。本当にこれが恋人同士のやり取りなのかと疑問が湧いてしまう。

やっぱりライナスは私のことを子供だと思っているのだろうか。彼は百年以上の時を生きている
そうなので、そう思われていても不思議ではないけれど。

怒っていると思ったのか、ライナスは慌てて私のことを地面に下ろした。

そのやり取りを見て、先ほどつまらなそうにこちらを見た美女軍団が嫌な笑みを浮かべた。

「聖女様ではありませんか」

「今日はどのような用でこちらへ」

自分たちだってろくな用などないくせにと、つい苛立ちが募ってしまう。

「ライナスに会いに来たんです」

はっきりそう断言すると、ライナスが嬉しそうに笑う。そんな風に笑ってもらえると、私も来て

よかったという気持ちになった。

本当は迷っていた。この美女軍団が私は苦手なのだ。

けれど本妻の意地を見せつけてやれとメイドたちにけしかけられ、こんなところまで来てしまった。本妻どころかまだ付き合っているかどうかも怪しい状況なのにだ。

けれど、遠慮ばかりしていたらいつかライナスを奪われてしまうかもしれない。

それだけはどうしても耐えられないのだった。

「あら、それではもうご用は済んだのですね」

「聖女様が謁見の間にいらっしゃるのはあまりよくないのでは」

「ええ、ええ。聖女様のお力は我々には脅威ですから」

さっきまで仲が悪そうにしていたのに、こんな時だけ結託して私を追い出そうとするのはどういうことだろう。

女の汚い部分を見た気がして、なんだか嫌な気持ちになった。

「さっきからお前たちはなんなんだ。俺に付き纏ってうるさくして何が狙いだ」

ライナスが不機嫌そうに言う。どうやら彼も、彼女たちをよく思ってはいなかったらしい。

「狙いだなんてそんな！」

「私たちはただ陛下のお役に立てればと」

「何をして役に立つと？　うるさくしていただけだろう」

彼はうんざりだという風にため息をついた。

すると、さすがにその態度が頭に来たのか、サキュバスが前に進み出た。

「私は、聖女様がお相手では色々不自由がおありになるだろうと思って来たのです。こう言ってはなんですが、聖女様はお体もまだ成長しきっていないご様子」

暗に幼児体型だと言われ、これにはちょっと落ち込んだ。

なにせそれを言っているサキュバスは、見事なプロポーションを挑発的な衣装でこれでもかとばかりに見せつけているからだ。

確かに私は従者と間違われるくらいには男っぽく見られる。まだまだ成長途中だと自分を慰めているが、はたしてそれまでライナスが待ってくれるだろうかという不安もある。

メイドたちには自信を持つよう言われたけれど、本当は不安でいっぱいなのだ。でもそれを口にしたら余計に面倒くさがられそうだから、ライナスには言えないでいるだけで。

「何に不自由するというんだ？　俺はアズサさえいたらそれでいい。お前たちがいても煩わしいだけだ。どこへなりとも失せろ」

ライナスが殺気立ったのが分かった。

どうやら私が侮辱されたと思い気が立っているらしい。

美女軍団は怒ったり泣きそうになったりしながら、すごすごと去っていった。

不快な思いはしたものの、ライナスのあまりの言いように私は彼女たちが気の毒になってしまった。

「ライナス。ああいう言い方をしたらかわいそうだよ」

その旨を伝えると、ライナスは不思議そうな顔をする。

「どうしてあんなやつらに気を使う必要がある？　あいつらの言動は目に余る。騒ぐだけなら放っておいたがアズサを侮辱するなら俺の敵だ」

嬉しいような怖いような、私は複雑な気持ちになった。

どうも魔族としてのライナスは、以前より感情の起伏が激しいような気がする。一緒に旅していた時は物静かで有事の際以外はじっとしていることが多かった分、今のような折々に抱き上げられたりというスキンシップはなかなかに恥ずかしい。

「それに……」

「それに？」

まだ何か言い足りないらしく、ライナスは何か言おうとして口ごもった。

「何？　言ってよ」

何でも言いたいことを言うライナスにしては珍しい。

私が先を促すと、彼は躊躇いがちに言葉を続けた。

「アズサは……十分に魅力的だ！　俺は不自由なんてしていないし、不足だとも思っていない」

これには私も唖然としてしまった。

どうやら先ほどのサキュバスの言葉に対する答えらしいが、まさか彼がそんなことを言うなんて思ってもみなかった。

顔にじわじわと熱が上がってくる。

「ふ、不足じゃないって本当に……？」

「本当だ！　アズサはまさか俺が物足りなく思っているとでも思っていたのか？」

逆に尋ねられてしまった。

私は迷う。

これは今までに思い悩んでいたことを打ち明けるチャンスだが、内容が内容なのであまりにも恥ずかしい。

けれど、言わなければ何も伝わらないのだと覚悟を決めた。

うじうじと悩んでいるのは性に合わない。

「あの……私たち付き合ってる、よね？　恋人同士でいいんだよね」

思い切って尋ねると、ライナスは石像のように固まってしまった。なんとも美しい彫刻だが、その反応の意味が分からず戸惑う。

「もしかして付き合ってなかった？　私の思い込みだった？」

問いかけに思わず熱がこもる。

気付けばすぐ近くにあったライナスの襟首を掴んでいた。

「いや……あの」

ライナスの色白の頬が赤く染まる。

「俺はその……アズサを娶《めと》ったつもりだった。人間の〝一緒にいる〟というのは、結婚するということなのだろう？」

不安そうにこちらの様子を窺うライナスに、私が驚いてしまったのも仕方のないことだろう。なにせ付き合うなんて通り越して、既に結婚したつもりでいたらしいのだから。

「けっ、結婚⁉」

「違うのか？」

尋ねるライナスは悲し気だ。彼としては私が驚いていることが悲しいらしい。

「それはあんまりですよ。陛下」

そこに新たな人物の声がした。例の山羊宰相である。

「結婚するにはお式をなさいませんと。何もなしで共に暮らすだけでは女人は困ってしまいます」

二足歩行の山羊にしか見えない宰相氏にそう言われると違和感がすごいが、彼の言っていることには完全に同意だったので私は深く頷いた。

ライナスとの結婚に異論はないが、結婚するというのならせめて結婚式はしてほしい。私にだって人並みに花嫁への憧れぐらいはあるのだ。

「そういうものなのか……」

どうやらライナスは、結婚がそういった段階を踏むものだとは知らなかった様子である。結婚自体最近知ったのだから無理もないが。

それにしても、付き合っているかどうかも分からない状態から結婚とは一足飛びな気もする。それともこの世界ではこれが普通なのだろうか。

「結婚式とは具体的に何をする式なのだ？」

尋ねられ、私は宰相を見た。

私が知っている結婚式と、こちらの結婚式が同じものかは分からなかったからだ。

「そうですねえ。結婚式と言いますと、やはり招待客を呼び皆様の前で誓約書にサインするのが通例かと」

「誓約書？　誰に何を誓約するのだ。神にでも誓うのか？」

ライナスが少し皮肉げに笑う。どうやら神という存在があまり好きではないらしい。

さすが魔王だなと思いながら見ていたら、一時的に宰相に向かっていた視線がまたこちらに戻ってきた。

「アズサの世界の結婚式はどんなものだった？　そちらの世界にもあったのだろう？」

話を振られては、さすがに黙っているわけにもいかない。私は自分が知っている限りの結婚式の式次第を指折り数える。

「ええと～、まずは新郎の入場と新婦の入場でしょ。それから賛美歌を歌って、誓約書にサインして、それから誓いの言葉かな？　あと――……」

「あと？」

今度は私の方が口ごもる番だった。

だがここまできたら、言わないわけにはいかない。

「ち、誓いのキスかな！」

『キス』という言葉を口にするのにはかなりの勇気が必要だった。なにせ私はまだ一度もキスしたことがない。

結婚するなら当然キスくらいすると思うが、それを人前ですると思うととんでもない羞恥心がこみ上げてくる。

「キス？　人を呼んでわざわざその前でキスをするのか？」

どうやら誓いのキスはこちらにはない習慣らしい。

まるで提案した私がそれを望んでいるみたいに感じられて、顔の熱がなかなか治まらない。

「そ、そういうものだってだけだよ。私がしたいとかじゃなくて――」

「アズサは俺とキスしたくないのか？」

またも捨てられた飼い犬みたいな顔をする。

その顔は卑怯だと言いたくなるのに、言えない自分が嫌になる。

結局今にも消えそうな声で、ぼそぼそとそんなことはないと否定した。

「そうか。よかった」

そう言って、ライナスは何の前触れもなく私に顔を近づけてきた。何事かと思って固まっていたら、そのまま唇と唇が重なった。

冷たくて、柔らかい感触がした。

あまりのことに驚きすぎて、咄嗟には反応できない。

完全に固まってしまった私を置き去りにして、離れていったライナスの顔は満足そうである。こんな風に笑うライナスを見たのは、もしかしたら初めてのことかもしれない。

私はまるで、心臓が破裂するかのような心地を味わった。

こんなことってあるのだろうか。私だけが、どんどん恋の深みにはまっていく気がする。

「結婚式をしようなアズサ。俺たちはずっと一緒だから」

それは初めて見る彼の弾けるような笑顔だった。

ライナスが一目で浮かれているのが分かって、なんだか私まで嬉しくなった。

エピローグ

「――とは言ったものの、結婚式って結構大事だよね」

私は自分に割り当てられた部屋でメイド二人に今日の出来事を相談した。主に結婚式についてである。

「結婚式なんて素敵です！」

ミーナが目に見えてはしゃぐ一方で、

「魔王陛下の結婚式ともなりますと、魔族領中からお客様を招待してかなり盛大なお式になるかと。準備にもお時間がかかりますし、国家の一大事業ですわ」

とリリーはこうして冷静な意見をくれる。

「そんなに大事《おおごと》なんだ……なんだか緊張してきちゃった」

そもそも、大勢の前に立つことすら慣れていないのだ。そんな場所で果たして、普通の女子高生をしていた私が相応しい行動がとれるのか。

私はグランシア王国で夜会に出席した時のことを思い出した。あの時も緊張したが、今度は失敗したらライナスの魔王としての評判にまで関わるのだと思うと、絶対に失敗できない。

「大丈夫です。今から練習すれば、きっとうまくいきますわ」

「アズサ様なら大丈夫ですよ！」

そう言って、二人は口々に私を慰めてくれる。

魔導国の世話役の人たちとは、こんな風に私的な会話をすることがなかったので、なんだか友達ができたみたいで嬉しかった。

そもそもこの世界に二年以上いる割に、私は友達が少ないのだ。

自慢の仲間たちならいるけれど、皆違う国に住んでいるのでそう簡単には会えない。

こんな時、スマホがあればいいのにと思ってしまう。そうすれば、もっと気軽に彼らと連絡が取れるようになるのにと。

「とにかく、いつどのようにお式をなさるのか陛下や宰相とご相談くださいませ。わたくしたちも全力でサポートいたしますので」

二人に請け負ってもらい、私は結婚式に臨む決意を固めた。式でキスはしないというのも、決意を固めた理由の一つだ。なにせ、つい最近自分の気持ちを自覚したばかりだというのに、人前でキスをするなど難易度が高すぎる。

ライナスとの幸せな未来のために、絶対結婚式を成功させるのだ。

そういう訳でこの日から、私はライナスに相応しい花嫁になるべく花嫁修業を開始した。

具体的には、お客様を迎え入れる所作とか、あとは魔族領の歴史について学んだりである。

よく考えてみれば、私は魔族たちについて何も知らない。向かってくる相手をただ倒していただけだった。

けれど前魔王に影響を受けていたという魔族たちは、今ではすっかり穏やかな性格になっている。中には聖女ということで私を忌避《きひ》する者もいるが、それは仕方のないことだ。むしろあまりの反発の少なさに、こちらとしては驚いているぐらいなのだから。

一方で宰相によると、私を妃として迎えることでライナス、ひいては魔族領にとって利点があるとのことだった。

なんでも魔族領では、前魔王が即位する前と同じように、人間界と友好的な関係を結びたいらしい。

そのためには、人間でありなおかつ聖女でもある私との結婚は平和的な魔族領をアピールする上でも非常に有用なのだそうだ。

その話を聞いたライナスは私を利用するなと怒っていたが、私は少しでもライナスの役に立てるのだと思い単純に嬉しかった。

聖女として召喚されたことは嫌な思い出だけれど、それでライナスと出会って想いが通じ合った今ではあれも必要なことだったのだと思える。

それから一年間の準備期間を経て、私たちは結婚式を迎えた。

寂しかった城はたくさんの花で盛大に飾られ、たくさんの魔族が出席する式になった。

両親を呼ぶことができないのは残念だけれど、最愛の人と出会うことができた運命に感謝している。

式には、なんとアレクやターニャ、それにクィンも参列してくれた。

グランシア王国やグラン・テイル魔導国とは、これを機に友好条約を交わし貿易も始まるそうだ。

魔族領には人間にとって有用な魔石の鉱脈や薬草の群生地があるそうで、お互いにいい取引相手になる可能性が高いらしい。

クィンなどは、魔力に満ちた薬草の見本を見て目を輝かせていた。

余談だが、クィンによるとクレファンディウス王は結局国を追われたらしい。今は生死不明で行方知れずになっているのだそうだ。

私は今後、クィンは怒らせないようにしようと誓った。

魔族領まであの国のようにされては困ってしまうので。

今日の私は蜘蛛《くも》の魔族アラクネーが織った総レースのクリーム色のドレスに、同じくレースのベールを被っている。

ライナスは背中に六枚の羽を広げ、頭からは二本の曲がりくねった角が生えていた。

服装も黒だが、光が当たると同色で刺繍された模様が浮かび上がって、欲目を差し引いてもとてもかっこいい。

子供の頃思い描いていた結婚式とは何もかもが違うけれど、私は最高に幸せだ。

誓約書にサインを書き、いつまでも愛し合うことを誓い合う。

『それではお二人とも、誓いのキスを』

見届け人の山羊宰相が、悪戯っぽい笑みを浮かべて言った。

段取りにはなかった台詞に、私は大慌て。皆の前でキスをする予定なんてなかったのに！

結婚式でキスをする風習がないからか、招待客たちもざわめいている。せっかく完璧に準備したのにどうしようと困惑していたら、ライナスが眩しい笑みを浮かべてこう言った。

「宰相め。よくやった」

なぜか彼は宰相を褒めると、そのまま私を抱き寄せキスをした。

招待客が詰めかけた広間に歓声が満ちる。

恥ずかしいのと同時に、幸せが体中から溢れ出しそうだ。

「アズサ。これでずっと一緒だ。ずっと傍にいてくれ！」

「はい！」

よく晴れた空を飛び回るのは、白い鳩《はと》ではなく着飾ったハーピーたちだ。彼女たちはそれぞれに籠を持っていて、飛びながら色とりどりの花びらをまき散らしていた。

――――こうして、私の冒険は終わった。

今はまだ思い出すのも辛い過去の記憶も、いつか笑って思い返せる日が来るだろう。

そしてその時にはきっと、私の隣にはライナスがいるはずだ。

私は異世界で恋をして、最愛の人を手に入れた。

これからも、きっと大変なことはあるだろう。日本に帰ればよかったと悔やむ日が、もしかしたら来るのかもしれない。

でも今は幸せだと、胸を張って言える。

そしてライナスが隣にいるのなら、私はきっとどんな困難でも乗り越えられるはずだ。

どんなに打ちひしがれても、たとえ聖女じゃなくなったとしても。

こうして魔王と聖女の結婚は、魔族領中に祝福の鐘を鳴り響かせた。

荒廃した魔族領が復興する、それは始まりの鐘であった。

番外編

ライナスと結婚式を挙げてからひと月ほどが経った。

私はあることが原因で追い詰められていた。

それは、結婚したのはいいものの交際期間がほとんどなかったため、どうすれば夫婦らしくなれるか分からないということだ。

日本にいた頃、両親は両親という生き物だと思っていた。

父と母にも子供時代があり、出会って結婚して夫婦になったのだということを知識としては知っていても、私にとって父は父、母は母であり、一人の男性や女性だと考えたことがなかったのだ。

だから、両親を参考にして夫婦らしくなろうとしても、具体的にどうしていいか分からない。

今の私たちは、魔王城で一緒に暮らしている。

同じ場所に住んでいるのだから常に一緒にいるように思われるかもしれないが、実はそうでもない。

ライナスには魔王としての仕事があるため、結婚以降多忙を極めている。食事こそ共にしているが、旅をしていた頃に比べたらむしろ一緒の時間は減った。

ライナスがつけてくれたメイドの二人がいるから寂しくなんてないはずなのに、ずっと一緒にいた彼が傍にいないとどうしても落ち着かないのだ。

そのもやもやとした気持ちが寂しいということなら、私はライナスともっと一緒にいたいと願っているということなのだろう。

そんなこと、とてもではないが恥ずかしくて口にできそうにない。

それにしても、一体どうしたら夫婦らしくなれるのだろう。

子供ができたら、また何か変わるのだろうか。

そう思いながら、私は一人ため息をついた。

場所は、魔王城の中にある夫婦の寝室だ。

もともとライナスの寝室だったその部屋には、私が見たこともないような巨大なベッドがあり、私が使っていた客室と違って、内装はライナスの趣味なのかシックにまとめられている。

壁には魔族領の特産なのか色鮮やかなタペストリーがかけられ、ともすれば寒々しく感じられる部屋に温かみを添えていた。

こちらの世界に来てからすっかり旅暮らしに慣れてしまった私は、目覚めるたびに部屋の広さとベッドの広さに驚かされる。

実家もマンションだったしね。

けれど、今重要なのはそんなことではない。

問題は、結婚したにもかかわらず未だに私たちの関係がキス止まりということだ。

つまり、子供なんてできようがないということである。

結婚初夜、私はとてもドキドキしていた。

前の日まで客室で過ごしていたが、その日の夜はこの寝室に通された。その意味が分からないほど子供ではないつもりだ。

なので、息を潜めてライナスを待っていたのだけれど、部屋にやってきた彼は私に対し疲れただろうと気遣った後、すぐに眠ってしまった。

実際疲れていたので流されるままにすぐに眠ってしまった私も問題かもしれないが、事の重大さに気づいたのはそれからしばらくしてからである。

毎日同じベッドで眠るけれど、ライナスは一向に手を出してこない。

じゃあこちらから行くべきかとも思うが、恋人すらいたことのない私には難易度が高すぎる。

魔王を討伐した聖女でも、できることとできないことがあるのである。

果たしてこのままでもいいのか、それともこちらから行動を起こすべきなのか、悩みは深まるばかりだ。

どうしようかと考えながらだらだらしていると、メイドのミーアがノックをして部屋に入ってきた。

「アズサ様。ライナス様がお呼びですよ」

「ライナスが？」

時刻はちょうど午後三時。ちょうどお茶の時間だ。

でも、三度の食事は一緒にとるけれど、お茶を一緒にしたことはない。

一体何の用だろうかと不思議に思ったが、断る理由もないので私はミーアと一緒に部屋を出た。

＊　＊　＊

案内されたのは、初めて来る庭だった。

トレントの庭師さんたちが頑張ってくれているのだろう。綺麗に刈り込まれた植木が、まるで壁のように視界を遮っている。生け垣で小部屋のようになった空間には、白いテーブルと椅子が並べられていた。

椅子の数は二つ。その片方で、ライナスが長い足を折りゆったりと寛いでいる。

「来たか」

彼はそう言うと、立ち上がって私を出迎えた。

そしてまるで高級なレストランみたいに、椅子を引いて私をエスコートしてくれる。

ライナスはかっこいいけれど、こういう気遣いをしてくれるタイプではないので私は驚いた。

彼はいつも彼なりに私を気遣ってくれているが、それはとても分かりづらく人間の私には理解できないような行動も少なくなかったのだ。

二年一緒に旅をして十分相手を分かっているつもりで、実は分かっていないことがまだこんなにあったのだと、私は結婚してからも驚かされる日々を送っている。

まあ彼に驚かされることには慣れているので、それでライナスを嫌いになるようなことはないが。

ミーアがお茶の用意をしてくれた。

その尻尾は緊張しているのか、まっすぐに天を向いている。彼女はお茶を淹れるのがあまり得意ではないのだ。

そもそも魔族や獣人には、喫茶の文化がない。

一部の貴族階級にはたしなむ者もいるらしいが、そもそも茶葉は大変貴重なのだ。その上魔族領では栽培されていないらしく、ほとんど手に入れることができないのだ。

きっとこの茶葉は、結婚祝いで人間の国から贈られたものだろう。

クレファンディウスからは雑に扱われた私だが、他の国々は一応異世界から来た聖女ということで敬ってくれているらしく、結婚式にはたくさんの贈り物が届けられた。

山羊宰相が言うには、多くの国々が魔族領との和平交渉を望んでいるのだそうだ。

敵対関係にあったのになぜと思うかもしれないが、大人しくなったとはいえ魔族たちの力が完全に削がれたわけではない。

今でこそ優しくなった魔族の人たちだが、彼らが牙を剝けば大変なことになると人々は骨身に染みているのだろう。だからこそ交流を深めて戦争への抑止力としたいのだ。

それに魔族領には、人間たちが欲しがるものがたくさんあるらしい。

それは魔素が強い場所にしか生えない薬草や、一部の魔族のみが作ることができる織物や鉱物などの特産品だ。

人間たちの傷は深いのだろうが、これからは人間の国と魔族の国が仲良くしていければいいなと思う。

それで魔族をたくさん倒してしまった私の罪が消えてなくなるわけじゃないけれど、本当に心からそう願っている。

「考え事か？」

ライナスに問われ、ふと我に返った。

自分の考えに耽ってしまい、上の空になっていたようだ。

ライナスは心配そうな顔で、こちらを覗き込んでいた。

「あ、ううん。ごめんぼんやりしてた」

そう答えたのだが、ライナスの眉間に寄せられた皺は消えなかった。

なんだか難しい顔をして、「やはりか」なんて呟いていた。

そんな何かを考えこむ仕草が、やけに様になっていてかっこよく感じられるのは結婚したからなのか。

一緒に旅をしていた頃は、ライナスは私同様世間知らずという印象だったけれど、魔王になってから彼は変わったと思う。

人間界のことを学んだ魔王として、仕事も立派に果たしていると聞く。

なんだかあっという間に差を付けられてしまった気分だ。

私も、今のままぼんやりしていてはいけないという危機感にかられる。

もっとちゃんとしなくちゃ、ライナスの役に立たなくちゃ、いつか必要とされなくなってしまうのではないかと。

「あのさ、ライナス。何か私にも手伝えるような仕事ないかな？　どんなことでも、頑張るからさ」

私がそう言うと、それまで心配そうにしていたライナスの表情が一変した。

「駄目だ！」

彼はそう断言すると、手のひらでテーブルを叩いた。

その拍子に、せっかくミーアが淹れてくれたお茶が零れてしまう。傍にいたミーアが、ライナスの怒気に当てられ震えているのが分かった。

私はどうしてライナスがそんなに怒るのかが分からず、戸惑いを覚える。結婚する前は喧嘩することもあったけれど、このひと月の間、彼は常に私を気遣ってくれていたからだ。

「そんな言い方……。どうして急に怒るの!?」

ミーアがかわいそうでつい怒鳴り返すと、ライナスはしばらく言いよどみ、どうするのかと思ったらそのまま席を立って去っていってしまった。

あとに残されたのは、呆然とする私とライナスがいなくなったことで落ち着きを取り戻したミーアの二人きりだ。

「ライナス……なんであんないきなり……」

訳が分からなくて、思わず泣きそうになった。

グランシアでライナスとすれ違ってしまった時のことを思い出す。

私がグランシアの王子であるアレクと結婚すると思ったライナスは、あの国にいる間ずっと機嫌が悪かったのだ。

私はどうして彼が怒っているのか分からず、今のように戸惑ってばかりいた。

そう考えると、ライナスには何か事情があったのかもしれないが、それにしてもである。

ミーアはライナスが怒ったショックから立ち直ると、慌てて倒れたカップを片付けテーブルを拭き始めた。

魔王であるライナスの感情が高ぶると、近くにいる魔族は例外なく影響を受けてしまうのだそうだ。

ミーアたちはまだましなほうで、弱い魔族だとライナスがそこにいるだけで威圧され動けなくなってしまうという。

「ごめんね、ミーア。せっかく淹れてくれたお茶なのに……」

「いいえ。お気になさらないでください。それよりも、お気を悪くしないでくださいね。魔王様は最近アズサ様がいつも何かを考えこんでいる様子なので、無理やり時間を調整してお茶を一緒にしたいとおっしゃったのですから」

どうやらライナスは、最近私が夫婦らしくなれないと悩んでいることに、気が付いていたらしい。

でも、それならば彼自身の口で私に尋ねてほしかったと思う。

どうしてお茶を飲む前に、さっきのように怒鳴りつけられねばならないのか。

そう考えると、むくむくと怒りが湧いてきた。

さっきまで何かの誤解かもしれないと思っていたが、だとしてもこちらの話も聞かないで一方的に叱りつけるなんて論外だ。

こんな状態で今日も一緒の寝室で眠れるだろうかと思っていると、話を聞いたらしい山羊宰相がこちらにやってきた。

そして彼は、私にある話をし始めたのだった。

＊　＊　＊

夜になって寝室で待っていると、ライナスはいつもより遅い時間になってから困ったように部屋に入ってきた。

「……起きてたんだな」

彼が仕事で遅い時はつい先に寝てしまうこともあるので、まさか待っているとは思っていなかったのだろう。

今日は一緒に夕食もとれなかったので、例のお茶の件の後、初めて顔を合わせたことになる。

ライナスは既に湯浴みを済ませたのか、簡素な夜着に着替えていた。

「うん。どうしても話したいことがあって」

何か言うとまた怒られるのではないかと怖かったが、話をしなければ相手のことなんて何も分からない。

私たちは他人だから、黙っていても分かり合えるなんてできないのだ。

私の言葉に、ライナスは湿った髪をかき上げて小さなため息をついた。そのため息には、隠しようのない疲れが滲《にじ》んでいる。

「そんなに仕事がしたいのか？」

苛立ちを押し殺しているのだろう。ライナスは低い声で言った。

もしここにミーアがいたら、やっぱり威圧されてしまっていたことだろう。

でも、ここで口を閉ざすわけにはいかない。

「そうじゃないよ。あのね、宰相さんに話を聞いたんだ」

そう口にした途端、ライナスの金色の目がぎらりと光った。

「何を言われた……っ」

動揺を隠しきれず、語尾を途切れさせる。

その反応で、私は宰相の話が正しいことを知った。

ベッドから立ち上がり、部屋に入ったまま立ち尽くしていたライナスの前に立つ。

ライナスの顔に手を伸ばすと、彼は拒絶するでもなく困惑したように私を見下ろしていた。

私は彼の作り物じみた滑らかな頬を、思いきり抓った。

「いひゃひゃひゃひゃ⁉」

驚きに目を見開いて、ライナスがたまらないとでもいうように呻《うめ》く。

でもそのことで、彼の眉間から皺が消えた。

「何するんだ！」

心底驚いているらしいライナスに、私は言った。

「それはこっちの台詞。なんでも私に隠して話を進めようとしないで」

そう言うと、宰相から聞いた話について悟ったのだろう、ライナスはさっと目を伏せた。

「ライナスが、私を守ってくれようとするのは嬉しいよ。私たちの結婚をよく思ってない人たちを黙らせるために人間たちとの和平を急いでることや、そのためには私が表立って友好をアピールするべきだっていう宰相の意見を、ライナスが押し留めてるって聞いた。心配してくれる気持ちは嬉しいけど、役に立てることなら私は喜んでやるよ。どうして何も話してくれないの？」

「宰相め、余計なことを……」

呻くように言うライナスの頬を、私はもう一度抓った。

「おい！」

「おいじゃないよ。宰相さんが話してくれなかったら、私は何も知らないままだったよ。なんでなんにも話してくれないの？　そりゃ、私はそんな賢いわけじゃないし、悩みを相談されてもすぐに解決策を出せるわけじゃないけどさ。何も話してもらえなきゃ悲しいよ。せっかく結婚したのに……ライナスにとって私は、そんなに頼りない存在なの？」

私が問いかけると、ライナスが驚いたように目を見開いた。

「そうじゃない！　俺は……」

戸惑うように言いよどんだ彼は、やがてぼそぼそと言葉を続けた。

「アズサを幸せにしたかった。お前は人間たちにいいように使われて、ひどい目に遭った。だからもうなんにも思い悩むことなく、静かに暮らしてほしかったんだ。煩わしい思いはさせたくなかった」

やっとライナスが、本音を聞かせてくれた気がした。

その言葉はとても耳に甘くて、けれど同時にそんなに自分は頼りないのだろうかとがっかりした気持ちになった。

私は、目の前に立ち尽くすライナスに抱きつく。

二人きりの寝室で、こうするのにはなかなかに勇気が必要だった。

「その気持ちだけで、十分嬉しいよ。でも、ライナスだけが苦労をするなんて私が嫌なの。力になれることがあるならなんだってするよ。ライナスのために私にもできることがあるなら、やらせてほしい。何も知らないでぼんやりしてるだけなんて、そんなの幸せじゃないし、全然夫婦らしくないよ」

少なくとも、私の両親は私を育てるために色々なことを協力し合っていたように思う。

どちらか一方に負担が重くのしかかる夫婦なんて、未熟者の私から見ても歪《いびつ》に思える。

「アズサ……」

そう言って、ライナスは吸い寄せられるように私にキスをした。

いつも冷たい彼の体から、不思議な温もりを感じる。それだけでうっとりとして、体から力が抜けていくようだ。

いつの間にか横抱きにされ、ベッドに横たえられた。

その日初めて、私たちは本当の意味で夫婦に一歩近づいた気がした。

＊　＊　＊

「夫婦なんてものは、時間をかけて夫婦らしくなっていくのですよ。結婚すればいきなり夫婦らしくなれるようなものではないのです」

昼間、ライナスの考えが分からないという私に宰相は言った。

山羊の顔をしている宰相の表情を読むことはできなかったが、人間だったらきっと微笑ましそうに笑っていたことだろう。

「ライナス様は、これから王として様々な決断を迫られることになります。勿論私も精一杯お手伝いしますが、それはあくまで家臣として。同等の立場でライナス様を支えられるのは、アズサ様だけです」

私はこの言葉で、ライナスとしっかり話し合おうと決意したのだ。

勿論恐怖はあった。またライナスにきつい言葉を投げつけられるんじゃないかという恐怖。

でも、それを言うのが私の役目で、同時に彼と結婚した特権でもあると思った。

私はずっとライナスと対等な立場でいたいし、傲慢かもしれないけれどその役目は私一人で十分だ。

これから先もきっと思い悩むことはあるだろう。けれど、ずっと一緒にいてライナスといつか両親のような自然な夫婦になりたい。

それこそが、私がこの世界に残った意味だと思った。

小姑さまの婿探し！
増田みりん
Mirin Masuda
Illustration Shabon
フェアリーキス
NOW ON SALE
旦那様との甘い新婚生活のために
お義姉さまには結婚していただきます！
借金のカタに伯爵家へ嫁いだ男爵令嬢アルベルティーナ。けれど氷のような美貌で表情の読めない旦那様からは放置状態。一番の敵は超美人なのに婚期を過ぎても独身の義姉！　弟の旦那様を溺愛するあまり嫌みばかり言う彼女が嫁げば新婚生活も安泰と考え婿探しを始めたところ、何と旦那様が協力してくれることに。そして二人で策を練るうち、あれ？　旦那様が優しくなってきた…？
フェアリーキス
ピュア
fairy kiss
定価：本体1200円＋税

フェアリーキス
NOW ON SALE
おとなしく泣き寝入りするとでも思いましたか？
Ten Kashiwa
柏てん
Illustration
漣ミサ
寝取られから心機一転！
魔法学校で恋も人生も巻き返し!?
私エリス（18）は名ばかりとはいえ夫を妹に寝取られました。馬鹿な身内にはほとほと愛想が尽きたので、妹に成り代わり王立学校に潜り込み自立を目指します、ざまーみろ！　……と思いきや一発でこの国の第一王子に正体を見抜かれた！　それだけでもヤバいのにこの王子様、何故かやたら強引に求婚してくるのですが!?
定価：本体1200円＋税
Jパブリッシング　http://www.j-publishing.co.jp/fairykiss/

フェアリーキス
NOW ON SALE
Ten Kashiwa
柏てん
Illustration
深山キリ
最凶の人型魔導書に偏愛されているのですが。
こんなドS時々Mな悪魔には
絶対に屈しません！
奥村一花が古本屋で324円（税込）で買った、なんちゃって魔導書。何とそいつのせいで異世界に飛ばされてしまった!?　世にも美しい執事姿に変身した魔導書に主認定された挙句、様々な事件に巻き込まれ──。にしても、主に派遣を与えるほど強大な魔導書のはずなのに、なんでこんなにベタベタ絡んでくるの!?
フェアリーキス
ピュア
fairy Kiss
定価：本体1200円＋税
Jパブリッシング　http://www.j-publishing.co.jp/fairykiss/

Mashimesa Emoto
江本マシメサ
Illustration
山下ナナオ
フェアリーキス
NOW ON SALE
異世界パン屋さん
isekai panya san
騎士様に
魔法のパンを
食べさせる
お仕事です!?
前世でも今世でも
美味しいパンは人生を変える!?
前世でも今世でもパン屋として生を受けたユッテ。そんな彼女が偶然美味しく体力を回復させる魔法のパンの製法を編み出した！それを魔法の薬を売る〝路地裏魔法薬店〟に持ち込み、前世風の菓子パンや惣菜パンなどで展開したら大繁盛！　……したのはいいけれど、以前拾った行き倒れ、もとい超絶マイペースな魔法騎士が店にいりびたり、毎度あーんまでさせられているのはなぜ!?
フェアリーキス
ピュア
fairy kiss
定価：本体 1200円+税
Jパブリッシング
http://www.j-publishing.co.jp/fairykiss/

Kunoe Kazami Presents 風見くのえ
Illustration 緒花
女皇だった前世を持つ織物工場の女工は、今世では幸せな結婚をしたい！
I want to have a happy marriage in this world!
フェアリーキス
NOW ON SALE
欲しいのは平凡な幸せなのに、
やっぱり今世も戦乱に巻き込まれそうです！
田舎町で暮らす女工シェーラの前世は、実は歴史に名を残した伝説的な女皇。当時は叶わなかった結婚を今世では果たそうと婚活に精を出すが、無自覚に出る高貴なオーラに男は離れていくばかり。「どうして？　私の何がいけないのっ!?」そんなとき勤め先の織物工場を救おうと女皇時代に培った知恵を発揮して、悪徳商会の“俺様ボス”バランディに見初められてしまう。年齢よりずっと若く見え、皇族の血筋を示す光を瞳に持つ彼はいったい何者!?
フェアリーキス
ピュア
fairy kiss

没落寸前ですので、
婚約者を振り切ろうと思いま
夏目みや
Miya Natsume
Illustration ぽぽるちゃ
フェアリーキ
NOW ON SA
おてんば令嬢、薬草片手に
ハイスペ婚約者を振り回す！
名門魔法学園に通うアリシアは薬草オタクの変わり者。しかし親同士の取り決めで学園一の人気者リカルドと婚約しているため、いつも注目の的。このリカルドがやたらとアリシアの世話を焼きたがり、「情が深くて優しい俺様に感謝しろよ」と上から目線！しかし薬草探しの校外学習で助けられてから胸のトキメキを覚えるようになり……？
定価：本体1200円＋税
フェアリーキ
ピュア
fairy
kis

フェアリーキス
NOW ON SALE
1～2巻
残り物には福がある。
There is luck in the last helping.
Produced by Sora Hinata
Sora Hinata 日向そら
Illustration 椎名咲月
「貴女が望んでくれたのならば
もう逃がしてあげません」
召喚されたナコは国の英雄と言われる齢60オーバーの伯爵に嫁ぐことに。ところが紳士で優しい伯爵を見た瞬間、恋に落ちてしまう。覚悟を決めた伯爵と初めて夜を過ごした翌朝、なんと伯爵が20代の金髪イケメンに若返るという事態が発生！　大騒動の最中、若返りの特殊能力を狙ってナコが誘拐されて!?
フェアリーキス
ピンク
fairy kiss
定価：本体1200円＋税
Jパブリッシング　http://www.j-publishing.co.jp/fairykiss/

川辺ヤマ
Yama Kawabe
Illustration みずきたつ
この世界のイケメンが私に合っていない件
konosekaino ikemen ga watashini atteinaiken
全2巻
王子よりコワモテ騎士団長が
好きなんです！
フェアリーキス
NOW ON SALE
異世界転生してモテモテ美人令嬢になったアンネリア。しかしこの世界のイケメン――中性的王子様タイプがどうにも好みに合いません！　そんな時、ばっちり好みのコワモテ騎士団長ヴィンセントとお近づきになれたけど、恋愛初心者ゆえにどうしたらいいか分からない。一方ヴィンセントも、こんな美少女に惚れられた理由が分からずただオロオロ。純情すぎる年の差カップルは無事結ばれるのか!?
フェアリーキス
ピンク
fairy kiss
Jパブリッシング
http://www.j-publishing.co.jp/fairykiss/
定価：本体1200円＋税

リストラ聖女の異世界旅
青春取り戻してやるから見てなさい!?

著者　柏てん　　© Ten Kashiwa

2019年12月5日　初版発行

発行人　神永泰宏

発行所　株式会社 J パブリッシング
〒102-0073　東京都千代田区九段北1-5-9 3F
TEL 03-4332-5141　FAX03-4332-5318

製版　サンシン企画

印刷所　中央精版印刷株式会社

ISBN：978-4-86669-252-4
Printed in JAPAN